LUIS SEPÚLVEDA

DIE SPUR NACH FEUERLAND

LUIS SEPÚLVEDA

DIE SPUR NACH FEUERLAND

AUS DEM SPANISCHEN
VON HARRY STÜRMER

VERLAG SCHWARZE RISSE · ROTE STRASSE
VERLAG LIBERTÄRE ASSOZIATION

Verlag der Buchläden Schwarze Risse • Rote Strasse
Gneisenaustr. 2a, 10961 Berlin

Verlag Libertäre Assoziation
Lindenallee 72, 20259 Hamburg

ISBN 3-924737-48-4

Umschlaggestaltung und -illustration: Sabine Wegener
Sazz: VLA
Druck: Winddruck, Siegen

INHALT

Meinen teuren Freunden:

Ricardo Bada
(der mich davon überzeugte, Schriftsteller zu werden)

Paco Ignacio Taibo II
(der mich in das Abenteuer des schwarzen Kriminalromans einweihte)

und Jaime Casas, alias »El Chancho«
(der den schwärzesten aller Romane durchlebte und doch nie aufgehört hat, sein eigenes leuchtendes Beispiel zu verbreiten)

ERSTER TEIL

Früher oder später wird sich das Leben wieder vor mich hin stellen, und ich werde auf den Weg springen. Wie ein Löwe.

Haroldo Conti, argentinischer Schriftsteller,
verschwunden in Buenos Aires am 4. Mai 1976

1

FEUERLAND: AASGEIER AM FIRMAMENT

Der Fahrer des *Sterns der Pampa* riß die Augen auf, als er am Straßenrand die Silhouette des Reiters sah. Seit fünf Stunden schon hielt er seine Pupillen auf die schnurgerade Landstraße geheftet und konnte sich an keinerlei Abwechslung erinnern außer den paar Nandus, die er mit seiner schrillen Hupe verscheucht hatte. Geradeaus vor ihm die Straße. Links die Pampa mit ihrem Bartgras und ihren Sauerdornbüschen. Rechts das Meer, das mit seinem unaufhörlichen, haßerfüllten Rauschen durch die Magellanstraße strömte. Sonst nichts.

Der Reiter saß etwa zweihundert Meter entfernt auf einem Klepper, einem zotteligen Pferd, das damit beschäftigt war, das spärliche Gras zu weiden. Der Reiter war in einen schwarzen Poncho gehüllt, der bis über die Flanken des Tieres fiel. Sein kurzkrempiger Gaucho-Hut war ihm über die Augen gerutscht, und nicht eine Muskelfaser bewegte sich. Der Fahrer stoppte den Bus und stieß seinen Beifahrer an.

»Aufwachen, Pacheco.«

»Was? Ich hab nicht geschlafen, Chef.«

»Nicht? Bei deinem Schnarchen konnte ich nicht mal den Motor hören. Bist schon ein verflucht guter Beifahrer.«

»Der Weg ist schuld. Immer das gleiche. Entschuldigen Sie. Möchten Sie einen Mate?«

»Guck mal da, der alte Penner. Der schläft oder hat geschlafen.«

»Es gibt nur eine Möglichkeit, das zu erfahren, Chef.«

Im Bus reiste eine Handvoll Passagiere, die nach den vielen Stunden Fahrt die Glieder streckten. Einige schliefen mit auf die Brust gefallenem Kopf weiter, während die Wachgewordenen ohne sonderlichen Enthusiasmus über Mißgeschicke beim Fußball oder die immer tiefer sinkenden Wollpreise plauderten.

Der Fahrer wandte sich der schwatzenden Gruppe zu, deutete auf die unbewegliche Figur des Reiters und gab ihnen ein Zeichen zu schweigen.

Der *Stern der Pampa* machte noch ein paar langsame Radumdrehungen und blieb schließlich direkt vor dem schlafenden Reiter stehen. Das Pferd schlug weiter die Zähne ins spärliche Gras, ohne sich vom Fleck zu bewegen. Es stand mit seinem Reiter neben einem seltsamen, rot und gelb gestrichenen Holzbau. Das Ganze war eine Art Taubenschlag, in einer Höhe von anderthalb Metern über dem Boden auf Holzpfählen errichtet. Die Ausmaße dieser Konstruktion hätten es einem erwachsenen Menschen erlaubt, bequem darin zu schlafen.

Der schrille Laut der Hupe alarmierte das Pferd. Es hob mit erschrockenen großen Augen den Kopf und warf bei dem Versuch, auf der Hinterhand kehrtzumachen, fast seinen Reiter ab.

»Ruhig! Ganz ruhig, Kindchen!« rief der Reiter erschrocken.

»Wach auf, alter Penner! Um ein Haar hätte ich dich plattgefahren«, grüßte der Fahrer unter dem Gelächter des Beifahrers und der Passagiere.

»Flegel! Ungehobelter Kerl! Mißratener Sohn einer mißratenen Mutter!« schimpfte der Reiter und klopfte seinem Pferd beruhigend auf den Hals.

»Reg dich nicht auf, sonst kriegst du noch einen Herzinfarkt. Und geh ein Stück zur Seite. Wir müssen die Post einwerfen.«

»Hast du was für mich dabei, du Schuft?«

»Wer weiß. Die Vorschrift lautet, daß du selbst im Briefkasten nachschauen mußt.«

Der Beifahrer stieg aus. Er ging zu der seltsamen Konstruktion, öffnete die Tür, auf der *Poststützpunkt fünf, Feuerland* zu lesen war, und nahm mehrere Kisten, Fellbündel und einen Sack mit dem Symbol der Post heraus. Damit stieg er in den Bus, um kurz darauf wieder herauszukommen und versiegelte Pakete sowie einen anderen Postsack hineinzupacken. Als alles verstaut war, schloß er mit viel Getöse die Tür.

»Mal sehen, ob sich jemand an dich erinnert.«

Der Reiter wartete, bis der *Stern der Pampa* losgefahren war. Er sah zu, wie der Bus in der Entfernung immer kleiner wurde, bis er nur noch ein verschwimmender Punkt im monotonen Panorama der Ebene war. Erst dann stieg er vom Pferd und ging zum Poststützpunkt.

In dem Brief hieß es: »Tut mir leid, Hans. Die Immergleichen sind hinter Dir her. Wir sehen uns in der Hölle. Dein Freund Ulrich.«

»Gut, irgendwann mußte das passieren. Seit mehr als vierzig Jahren warte ich auf diesen Tag. Sollen sie nur kommen«, murmelte er, während er den im Wind flatternden Brief zumzweiten Mal las.

Leicht berührten die silbernen Sporen die Flanken des Pferdes, um es zu einem Trott zu bewegen, der sie vom Weg herunter hinein in die Pampa führte, mit ihrem Bartgras, den hochstehenden und ölhaltigen Weidepflanzen, auf denen sich die Mittagssonne spiegelte. Ruckartig zog er plötzlich die Zügel, um den Ritt zu stoppen. In den Steigbügeln stehend betrachtete er den Himmel, an dem in großer Höhe ein Pärchen Aasgeier schwebte.

»Wie kommt es bloß, daß diese Viecher schlechte Nachrichten immer als erste riechen«, fragte er sich laut, um gleich darauf dem Pferd die Sporen zu geben. Im Galopp ritt er weiter.

2

BERLIN: AUF WIEDERSEHEN (ADIÓS, PAMPA MÍA)

»Mir ist bewußt, daß dieser Brief nicht ohne Brüche ist, aber die Erinnerung, das müssen Sie verstehen, ist nicht immer untrüglich, und beschwert mit dem Ballast des Verrats ist kein Geständnis rein.

Ich habe einen Menschen verraten, den Mann, der mein bester Freund war. Aber ich glaube, in dieser elendigen Angelegenheit haben Gefühle nichts mehr zu suchen, weshalb ich ohne weitere Umschweife berichten werde, was geschehen ist.

1941 versahen Hans Hillermann und ich unseren Dienst bei der Polizei des Dritten Reiches. Wir waren keine Nazis. Wir haben weder in besonderer Weise an der Judenverfolgung noch an der Repression gegen die Widerstandskräfte teilgenommen. Unsere Aufgabe in Berlin bestand darin, das Gefängnishaupttor in Spandau zu bewachen.

Die Winter in Berlin sind und waren hart. Die Gefängnisverwaltung stellte den Wachposten in dieser Zeit ein kleines beheiztes Zimmer im Keller zur Verfügung, in dem wir unsere erstarrten Knochen aufzutauen und ab und an einen Becher Kaffee zu trinken pflegten. Mit Hans verband mich eine lange Freundschaft, gefestigt durch unzählige Schachpartien und den gemeinsamen heimlichen Wunsch, eines Tages das Land zu verlassen. Für immer zu verschwinden an einen Ort, der als letzter verheißungsvoller Zufluchtsort dieses Planeten galt: Feuerland.

Wir sammelten Informationen über diesen entfernten Ort, Ausschnitte aus Reiseberichten und Geographiebüchern, die unserer Vorstellungskraft und dem Wunsch, Deutschland zu verlassen, Nahrung gaben. Ich bin in Sachsen geboren worden. Hans in Hamburg. Er kannte sich gut aus im Seemannsmilieu seiner Stadt und wiederholte mir wieder und wieder, wie einfach es wäre, sich einzuschiffen. Wir hatten sogar schon den Plan zu desertieren, nur das Geld fehlte noch. So verbrachten wir viele lange Nächte in dem beheizten Keller, zogen die Figuren über das Schachbrett und jammerten über die Armut, die uns zum Tragen dieser Uniform verdammte.

Einmal, als wir alleine unten waren, wann genau das war, weiß ich nicht mehr, fanden wir den Mut, das Schloß einer Tür aufzubrechen, die zu einer Art Weinkeller führte. Wir wußten, daß dieser Vorratskeller von SS-Offizieren benutzt wurde, die dort ein- und ausgingen, um sorgfältigst verpackte Bündel hineinzubringen oder herauszuholen. Wir knackten das Schloß in der Hoffnung, dort einen guten Wein oder eine Flasche Brandy zu finden, um uns das Wachestehen zu versüßen, aber wir fanden nur leichte, schmale Pakete. Eines davon öffneten wir mit gehöriger Vorsicht und entdeckten ein Gemälde. Weder Hans noch ich kannten uns damit aus, aber wir schlossen aus dem Umstand, daß die SS diese Bilder aufbewahrte, daß sie wertvoll waren. Ich erinnere mich noch genau an Hans' Worte: ›Guck mal, Ulrich, es scheint so, als kämen wir unserer Reise näher.‹

Oft standen wir an der besagten Tür und betrachteten die diversen Kunstwerke. Und oft waren wir in Versuchung, eines zu nehmen und zu desertieren. Was uns zurückhielt, war die bittere Einsicht, daß wir überhaupt nicht wußten, was wir mit den Gemälden anfangen konnten. Wie sollten wir ihren Wert einschätzen? Wem könnten wir so was verkaufen? Außerdem würde die SS nicht viel Federlesens mit den Dieben machen. Wir erahnten den riesigen Reichtum, der in unserer unmittelbaren Reichweite lag. Und unsere diesbezügliche Ignoranz erschütterte uns. So vergingen mehrere Monate, bis wir eines Nachts während des Wacheschiebens wieder jenes Schloß öffneten. Dieses Mal entdeckten wir eine sehr sorgfältig eingewickelte Holzkiste. Wir öffneten sie behutsam, wobei wir darauf achteten, die Nägel nicht zu verbiegen und keine Fingerabdrücke auf dem Holz zu hinterlassen. Darin, zwischen mehreren Lagen Verpackungswolle, war eine kleinere Kiste, die mit einem dicken bronzenen Vorhängeschloß verschlossen war. Auf dem Schloß lasen wir die Inschrift: ›Hanseatischer Lloyd, Hamburg‹.

Der Anblick des Schlosses war eine unwiderstehliche Einladung, es zu öffnen. Und wir taten es im klaren Bewußtsein, damit den gefährlichsten Schritt unseres Lebens zu tun. Was wir dann in der Kiste fanden, verschlug uns den Atem: dreiundsechzig Goldmünzen. Jubelnd umarmten wir uns. Endlich näherten wir uns der Erfüllung unseres Traumes, den wir so lange gemeinsam geträumt hatten.

Hans erholte sich als erster von der Euphorie. Er legte die Münzen in die Kiste zurück und sagte: ›Ulrich, wir müssen auf der Stelle verschwinden. Diese Münzen sind mehr wert, als wir uns vorstellen können. Laß uns verschwinden. Wir werden dann schon sehen, was wir damit anfangen können. Sie werden uns zu Lande und zu Wasser suchen, also: Je weiter wir abhauen, desto besser.‹

Wir erreichten Hamburg im November 1941. Hans hatte wirklich Kontakte zu den Hafenarbeitern. Und während wir auf das Schiff warteten, das uns rausbringen sollte, erfuhr ich vieles von ihm, was er mir vorher nie anvertraut hatte, z.B. daß er Mitglied bei den Spartakisten gewesen war, und von seinem Bruder, der mit der Thälmann-Brigade im Spanischen Bürgerkrieg gewesen und gefallen war.

Die Spartakisten des Hafens versteckten uns in einer Wohnung in Altona. Drei Wochen lang warteten wir dort auf das empfohlene Schiff. Wir würden im Laderaum eines unter chilenischer Flagge fahrenden Frachters reisen, der dampfbetriebenen *Lebu*, die zweimal pro Jahr mit einer Holzfracht in Hamburg festmachte.

Ich erinnere mich, daß ich Hans während der Wartezeit fragte, ob er schon eine Idee habe, wie wir diese Münzen verkaufen könnten. Seine Antwort war nicht gerade beruhigend: ›Vergiß sie, Ulrich. Wir werden sie nie verkaufen. Wir müssen erst mal warten, bis der Krieg zu Ende geht, ehe wir uns damit beschäftigen können. Dann werden wir sehen, ob ihre Besitzer sie zurückverlangen oder ob wir sie einschmelzen. Ich fürchte, daß noch viel Zeit ins Land vergehen wird, ehe wir davon profitieren können.‹

Eines Nachts erreichte uns dann die braune Kralle. Ich weiß nicht, ob wir verraten wurden oder ob unsere Zufluchtswohnung bereits vorher unter Beobachtung der Gestapo gestanden hatte. Hans gelang es trotzdem, mitsamt der Münzen zu entkommen. Ich denke, es erübrigt sich, im einzelnen zu schildern, was ich in den Händen der Gestapo zu erleiden hatte. Als ich jedes Zeitgefühl verloren hatte und schon gar nicht mehr wußte, wie lange ich mich in ihren Händen befand – Wochen oder vielleicht Monate –, war ich mir gewiß, daß Hans sich in Sicherheit befand. Ich ging in meinen immer wieder veränderten Geständnissen nie weiter, als meine Mittäterschaft einzugestehen.

Mein bißchen Erfahrung als Polizist sagte mir, daß diese Männer mich nicht töten würden, bevor sie die Information bekommen hatten, die ihnen fehlte: den Aufenthaltsort meines Gefährten.

Sie verstanden ihr Handwerk. Die Schläge, die Folterungen erfolgten systematisch, aber immer, ohne mein Leben oder meine geistige Gesundheit aufs Spiel zu setzen. Sie wußten genau, daß ein Wahnsinniger ihnen im wahrsten Sinne des Wortes aus den Händen gleiten würde. Fast vier Jahre lang klammerte ich mich an jenes Zauberwort, das ich mir wie eine Tätowierung ins Gehirn geritzt hatte und das ich nie über meine Lippen kommen ließ: Feuerland.

Im Juni 1945 fanden mich ein paar russische Soldaten in den Katakomben des Generalhauptquartiers der Gestapo. Ich konnte nicht mehr laufen. Eine Wirbelsäulenverletzung lähmte mir die Beine. Sie holten mich aus dem Verlies heraus. Ich sah Licht. Ich sah Berlin in Trümmern. Ich wußte, daß Deutschland kapituliert hatte, daß das Dritte Reich nicht mehr existierte. Der Albptraum ging zu Ende.

Für die russischen Geheimdienstoffiziere, die mich verhörten, erfand ich eine neue Geschichte. Ich erzählte ihnen, daß ich Polizist gewesen und wegen meiner antifaschistischen Aktivitäten in die Hände der Gestapo gefallen sei. Um der Geschichte Glaubwürdigkeit zu verleihen, nannte ich die Namen der Spartakisten, die uns in Hamburg geholfen hatten. Die Russen begannen zu recherchieren. Das Schicksal wollte es, daß alle diese Leute im Krieg umgekommen waren, und aus Mangel an Zeugen, die meiner Geschichte hätten widersprechen können, wurde sie von ihnen akzeptiert.

Anfang 1946 brachten die Russen mich zur medizinischen Behandlung nach Moskau. Mit meinen Beinen war allerdings nichts mehr anzufangen, und so erlaubten sie mir dann nach fünf Jahren, in denen ich vom Rollstuhl aus unter Tausenden von deutschen Kriegsgefangenen Nazis identifiziert hatte, die Rückkehr nach Berlin. Mein Plan war, Deutschland zu verlassen, um auf irgendeinem Weg nach Feuerland zu gelangen. Ich vertraute völlig darauf, daß Hans es dorthin geschafft hatte. Und daß er mich mit meinem Anteil der Beute erwartete. Aber ein Gelähmter bewegt sich nicht mit der gleichen Schnelligkeit, mit der er denkt. Ich sah, wie ich zu einem DDR-Bürger wurde, eingesperrt in ein großes, offenes Gefängnis, das schwor, das sozialistische Paradies zu sein.

1955 erhielt ich zum erstenmal Nachricht von Hans. Es entzieht sich meiner Kenntnis, wie er es geschafft hatte, mir von Sidney aus einen Brief zukommen zu lassen. Vielleicht hatte ein Reisender ihn mitgenommen. Die Botschaft war äußerst lakonisch, sagte aber alles: ›Ich habe erfahren, daß Du gesundheitliche Probleme hast. Ich bin an dem Ort, den Du kennst. Es ist ein verdammt guter Platz, um seine Knochen wieder zu beleben.‹

Der lakonische Briefstil mißfiel vor allem der Stasi. Der Alptraum begann von neuem: Drohungen. Schläge. Noch mehr Drohungen. Noch mehr Schläge.

Sie kannten die Geschichte der Goldmünzen bis ins kleinste Detail und wollten wissen, in welcher Stadt in Australien Hans lebte. Einige hundert Mal setzten sie mich vor eine Landkarte von Australien. Einige hundert Mal erfand ich Geschichten. Um das Ergebnis zusammenzufassen: Solange die DDR existierte, lebte ich unter dem absoluten Verbot, Berlin zu verlassen. Jeder Brief, den ich erhielt, wurde zuerst von der Stasi gelesen und analysiert. Und mein Name zierte eine Akte mit mehr als tausend Seiten.

Fünfzig Jahre lang habe ich das Geheimnis des Aufenthaltsortes von Hans und den Münzen bewahrt. Fünfzig Jahre lang habe ich von dem Wiedertreffen geträumt und von der Möglichkeit, die Beute zu genießen. Als die DDR wie ein Kartenhaus zusammenfiel, dachte ich, endlich sei der heiß ersehnte Augenblick gekommen. Ich verfügte über einige Ersparnisse, genug, um eine Flugreise nach Südamerika zu buchen. Mein Paß war in Ordnung, und niemand und nichts würde meine Reise aufhalten. Das glaubte ich, bis ich vor zwei Tagen das letzte Mal in die Hände von bewaffneten Subjekten fiel, die früher Nazis waren, danach Kommunisten und weiß-der-Teufel, was sie jetzt sind.

Mitten im Zentrum von Berlin fingen mich zwei Männer ab, die ich bereits kannte. Ehemalige Stasi-Agenten. ›Komm mit. Wir müssen über Hans Hillermann sprechen‹, sagten sie, bevor sie mich aus dem Rollstuhl hoben und in ein Auto setzten. Sie agierten mit großer Schnelligkeit, so daß mir keine Zeit blieb, um Hilfe zu rufen. Beim Aussteigen gab es ebenfalls keinerlei Möglichkeit dazu, da sie mich in einer Tiefgarage aus dem Auto holten und in Windeseile in ein Büro trugen, auf dessen Tür der Name eines Immobilienmaklers stand.

Von einem Fenster aus konnte ich sehen, daß wir uns auf dem Kurfürstendamm befanden.

Zuerst wurde ich von einem Individuum verhört, das sie *Major* nannten. Er zeigte mir die umfangreiche Akte mit meinem Namen, und während er sich mit den einzelnen

Seiten Luft zufächerte, gab er mir zu verstehen, daß sie früher nicht drastischer mit mir umgegangen seien, weil sie geduldig auf meinen großen Fehler gewartet hätten.

Aber nicht ich hatte diesen Fehler begangen. Der Mann, den sie *Major* nannten, holte aus seinem Schreibtisch einen zweiten Brief von Hans hervor, dessen Text genauso kurz war wir der erste: ›Jetzt kann dich nichts mehr hindern zu kommen. Laß mich wissen, wann Du zu dem Ort kommst, den Du kennst. Poststützpunkt Nummer fünf.‹ Der Brief kam aus Santiago de Chile.

Ein Mensch kann viel Schmerz aushalten. Der erstaunliche Mechanismus des Gehirns bietet Schlupfwinkel, Flekken absoluter Leere, in denen man sich verstecken kann. Und schlußendlich bleibt immer noch die letzte Option, sich vom Wahnsinn einhüllen zu lassen. Für beide Möglichkeiten ist es unabdingbar, an ›etwas‹ zu glauben und zu sehen, zu empfinden, daß das Schweigen dazu dient, den Folterern dieses ›etwas‹ unerreichbar zu machen.

Als ich sah, daß der Brief aus Chile kam, wußte ich, daß ich jetzt nichts derartiges mehr hatte, woran ich glauben konnte. Ich verstehe es, mit Anstand zu verlieren, und habe mich deshalb immer als Ausnahme-Deutscher gefühlt.

Ich konnte also vor dem *Major* und seinen Männern nicht leugnen, daß Hans sich in Chile befand.Und auch ohne daß ich eine konkrete Region als seinen Aufenthaltsort nannte, würden sie die notwendigen Informationen über sämtliche Poststützpunkte Nummer fünf einholen, um schließlich per Ausschlußmethode den richtigen zu finden. So habe ich also meinen Freund verraten. Ich habe ihn verraten. Aber der *Major* fragte beharrlich weiter, er wollte den Namen unseres Auftraggebers. Da wußte ich, daß ich immer noch Zeit gewinnen und ihm den Sieg schwer machen konnte. Wenn er es als gegeben ansah, daß uns jemand zu dem Raub der Münzen angestiftet hatte, dann in erster Linie deshalb, weil er fürchtete, daß dieser jemand vor ihm zu ihnen gelangen könnte. Meine Erinnerung an den in das Schloß eingravierten Namen ›Hanseatischer Lloyd‹ wurde für mich zur Trumpfkarte. Um Zeit zu gewinnen, ging ich auf sein Spiel ein und nannte den Namen des Berliner Polizeidirektors von 1941. Dann sah ich, wie der *Major* den Namen in einen Computer eingab. Der Monitor zeigte ihm daraufhin scheinbar interessante Daten, die ihn euphorisch stimmten.

Es entzieht sich meiner Kenntnis, in welche dunklen Geschäfte mein ehemaliger Chef verwickelt war, und es war mir auch völlig gleichgültig. Aber was auch immer es war, es half mir, aus meiner Zwangslage zu entkommen. Dabei war klar, daß ich nicht an Flucht dachte – wie sollte ich das auch anstellen im Rollstuhl? Ich wollte nur herauskommen, bevor der *Major* merken würde, daß er eine entscheidende Frage übersehen hatte: die nach der aktuellen Identität meines Freundes.

Sie brachten mich runter in die Tiefgarage, wo wir wieder in den Wagen einstiegen. Dieses Mal gesellte sich der *Major* zu der Gruppe, und wir fuhren hinaus auf die Straßen Berlins. ›Du wirst deinen Ex-Chef identifizieren. Das ist alles. Du sagst uns, wer er ist, und deine Beteiligung an dieser Geschichte ist beendet‹, sagte der *Major*.

Ich konnte mich noch nicht einmal an Einzelheiten der Umrisse dieses Mannes erinnern, den ich vielleicht zweimal während des Krieges gesehen hatte. Trotzdem willigte ich ein. Der Wagen hielt in der Nähe des Bahnhofs Zoologischer Garten. Einer der ehemaligen Stasi-Agenten schob meinen Rollstuhl. Als ich sah, daß wir von zahlreichen Passanten umgeben waren, ließ ich mich auf den Boden fallen und fing an, Schmerzensschreie auszustoßen.

Im Nu sammelten sich Neugierige um uns und Personen, die zu helfen versuchten.

›Das Herz‹, stammelte ich. ›Es ist das Herz. Vor kurzem hatte ich schon einen Herzinfarkt.‹ Weder der *Major* noch seine Männer konnten verhindern, daß mich ein Krankenwagen einlud und wegfuhr.

Bei einem 72jährigen findet man immer irgendwelche gesundheitlichen Unregelmäßigkeiten. Um so mehr, wenn es sich um einen Krüppel handelt.

Ich schreibe Ihnen aus dem Krankenhaus Charlottenburg. Sie werden Hans Hillermann und die verfluchten Goldmünzen in Feuerland finden. Die einzige Adresse, die ich von ihm habe, ist: Poststützpunkt Nummer fünf. Möge das Schicksal es so einrichten, daß dieser Brief in Ihre Hände gelangt und daß Sie Hans früher treffen als die Männer des *Majors*. Mein Freund nennt sich jetzt Franz Stahl.

Ich werde hier nicht lebend rauskommen. Ich könnte die Geschichte der Polizei erzählen und um Personenschutz bitten, aber dieses Spiel hat jetzt schon so lange gedauert, daß es geradezu obszön wäre, ihm ein derartig albernes Ende zu geben. Und ich bin sicher, daß Hans es auch bis zu den letzten Konsequenzen spielen möchte.

Ich habe ihm diesbezüglich nur geschrieben: ›Tut mir leid, Hans. Die Immergleichen sind hinter Dir her. Wir sehen uns in der Hölle.‹

Wenn Sie diese Zeilen lesen, werde ich mich schon auf den Weg gemacht haben. Ich habe verloren. Immer habe ich verloren. Mich irritiert das nicht, und es macht mir keine Sorgen. Verlieren zu können ist eine Frage der Methode.

Ulrich Helm

Berlin, Februar 1991«

3

HAMBURG: ALLES GUTE ZUM GEBURTSTAG!

An jenem Februarnachmittag erwachte ich durch die Kälte. Als ich aus dem Bett sprang, war es so kalt, daß ich meinen Atem sehen konnte. Als erstes prüfte ich, ob die Fenster geschlossen waren. Sie waren es. Dann schaute ich auf den Thermostat, der auf die höchstmögliche Stufe fünf eingestellt war. Der Heizkörper war allerdings genauso kalt wie der Fußboden. Ich wollte gerade die Hausverwaltung anrufen, als es an der Tür klingelte.

Ich öffnete. Ein Zwerg mit einer blauen Pudelmütze, die er bis zu den Augenbrauen runtergezogen hatte, zeigte mir eine Werkzeugkiste, wobei er sich in einer Mischung aus Deutsch, Englisch und Taubstummensprache versuchte.

»Bedaure, ich kaufe nichts«, sagte ich.

»Nein. Die Heizung. Verstehen?«

Ich ließ ihn herein. Er kniete sich neben den Heizkörper, löste einen Bolzen. Aus der Öffnung begann öliges Wasser zu tropfen. Er befestigte den Bolzen wieder, betastete alle Teile, bewegte den Kopf, ergriff ein Walkie-talkie und sagte in breitem Chilenisch:

»Wir haben verschissen, Blödmann. Ich hab's dir ja gesagt, *over.* Was? Ich soll allen Ernstes durch alle Stockwerke laufen und Erklärungen abgeben? Aber die verstehen mich doch nicht, Blödmann, *over.*«

Der Zwerg hielt den Apparat noch ein paar Sekunden ans Ohr gepreßt, obwohl sein Kollege anscheinend entschieden hatte, die Kommunikation abzubrechen.

»Chilene?« fragte ich.

Der Zwerg machte mit dem Kopf ein Zeichen der Bestätigung. Und hoffte weiter auf die Stimme seines Kollegen.

»Und was passiert mit der Heizung? Wir sind mitten im Winter.«

»Es sieht aus, als wäre die Zentralleitung verstopft. Das Problem ist nur, herauszufinden, wo genau die Verstopfung sitzt. Wir müssen die Heizkörper in allen Stockwerken ausbauen. Schöne Scheiße, Chef.«

»Dann fang hier an. Ich muß gleich weg.«

»So einfach ist das nicht. Wir müssen auf den Ingenieur warten. Sieht so aus, als würde das länger dauern.«

»Aber was passiert mit mir? Die können mich doch nicht ohne Heizung lassen.«

»Da machen Sie sich mal keine Sorgen. Sie lassen uns einen Schlüssel, aber vorher müssen Sie uns eine Vollmacht unterschreiben, Ihre Wohnung zu betreten. Hier habe ich ein Formular.«

Der Zwerg händigte mir ein Blatt aus, das ich der deutschen Besessenheit für Daten zuliebe ausfüllte, unterschrieb und ihm zusammen mit einem Zweitschlüssel zurückgab.

»Gut. Ich werde jetzt die anderen Mieter informieren. Und machen Sie sich keine Sorgen. Wenn Sie zurückkommen, wird die Heizung funktionieren«, sagte er vor dem Rausgehen.

»Das hoffe ich. Ich eigne mich schlecht zum Pinguin.«

Im Bad entdeckte ich, daß es auch kein Warmwasser gab. Als ich mich entschieden hatte, auf eine Trockenrasur zu verzichten, klingelte es erneut an der Tür. Ich öffnete, und wieder stand der Zwerg davor, das von mir unterschriebene Papier in der Hand und ein breites Grinsen über das ganze Gesicht.

»Alles Gute zum Geburtstag!«

»Wie? Ich versteh nicht.«

»Sie haben Geburtstag. Sehen Sie, hier haben Sie Ihr Geburtsdatum eingetragen. Alles klar? Herzlichen Glückwunsch!«

Vierundvierzig. Scheißzwerg. Schnapszahl noch dazu. Auf dem Klo sitzend entschied ich, daß es sich nicht lohnte, länger darüber nachzudenken. Vierundvierzig. Bei einem Subjekt wie mir war das einzige Verdienst dabei, dieses Alter erreicht zu haben, eben das: es erreicht zu haben. Ich steckte mir die erste Kippe des Tages an, und mein Blick fiel auf die auf dem Fensterbrett gestapelten Bücher. Da lagen die Geschichten von Paco Taibo, Jürgen Alberts und Daniel Chavarría, die ich beim Scheißen zu lesen und zu genießen pflegte. Sie verschafften mir nämlich die kleine Genugtuung, daß die Personen, mit denen ich mich identifizierte, mit unfehlbarer Sicherheit verloren. Dabei wußten sie immer sehr genau, warum sie verloren, so, als wären sie bemüht, eine Ästhetik der neuesten künstlerischen Zeitströmung zu formulieren: der Kunst zu verlieren.

Die Kälte trieb mich aus dem Zimmer. Als ich die Tür zweimal abschloß, verspürte ich ein Stechen in den Nieren. Und ich fragte mich, ob das wohl die plötzliche Gewißheit der vollendeten vierundvierzig Jahre war. Ich begann, die Treppe hinabzusteigen.

Auf dem Treppenabsatz zum zweiten Stock kam mir ein Nachbarsehepaar entgegen, das Einkaufstüten hochtrug. Es waren ziemlich merkwürdige Nachbarn, die der fixen Idee von der totalen Osmanisierung verfallen waren. Der männliche Teil praktizierte außerdem die Sitte des postalischen Dauerkontakts mit der Hausverwaltung. Und er bezeichnete in seinen Beschwerdebriefen alles, was ich tat, als störende türkische Unsitte. Wenn ich mir, bei geringer Lautstärke, Tangos anhörte, beschwerte er sich über meine mohammedanischen Litaneien. Und wenn ich eine Salsa-Platte auflegte, zielten seine Beschwerdebriefe auf die zweifelhafte Moral eines Türken, der ohne feste Frauenbindung lebte. Ich wünschte ihnen einen Guten Tag, allerdings ohne das geringste Interesse, diesen Wunsch erfüllt zu sehen. Der Typ antwortete mit einem Grunzen, was bewies, daß er nicht taub war, während seine Frau mich nicht des geringsten Lautes für würdig befand.

Sie schrie sich die Seele aus dem Hals, daß ihre Kinder *verfluchtnochmal* endlich hochkommen sollten. Als ich die Treppe weiter hinabstieg, begegneten mir die mißtrauischen Blicke ihrer beiden Jungen.

»Wie geht's, Knirpse?«

»Wir sind keine Knirpse, aber du bist ein ganz fauler Typ«, antwortete einer.

»Und woher weißt du das?«

»Unsere Eltern sagen immer, daß wir später in der Schule gut aufpassen müssen, damit wir nicht so werden wie du, der faule Türke, der um fünf Uhr nachmittags aufsteht«, erläuterte der andere.

»Warum singt ihr mir nicht ein Ständchen? Ich hab nämlich heute Geburtstag.«

»Ausländer haben nicht Geburtstag, wandte der erste ein«, kam aber nicht weiter, da von oben die liebevolle mütterliche Stimme mit einer Tracht Prügel drohte.

Nacht. Die Februarkälte krümmte die Rücken der Passanten und zwang sie, auf dem Straßenpflaster etwas Unauffindbares zu suchen. Ich schlug den Mantelkragen hoch, vergrub die Hände in den Taschen und ging los.

Nacht. Bis Ende März würde ich kein Tageslicht mehr sehen. Allerdings nicht unbedingt ein Grund, sich zu beschweren. Wenn die nichtendenwollenden Sommertage wiederkommen, werde ich mir vehement die nächtliche

Dunkelheit zurückwünschen, die die Schwester aller Nachtkatzen ist.

Wie jeden Abend rann ein ansehnlicher Fluß Urin die U-Bahntreppen hinunter. Ich versuchte, den Pfützen auszuweichen, und ging auf die Fahrkartenautomaten zu. Wie immer funktionierte von Fünfen nur einer. Und wie immer lungerte neben den Automaten eine Handvoll Betrunkener herum, die versuchten, in schnellstmöglicher Zeit eine Palette Bierdosen niederzumachen. Ich warf den Geldbetrag ein.

»Eh? Seit wann akzeptieren die Schweine in der U-Bahn«, spuckte einer von ihnen aus.

»Hau ab nach Anatolien, Mustafa«, grunzte ein anderer.

Obwohl es schon fast sechs Uhr abends war, schien mir der Tag ziemlich gut anzufangen. Heizung kaputt, von zwei Dreikäsehochs beleidigt, und jetzt diese nach Pisse stinkenden Typen.

Einer der Vorteile des Lebens in Hamburg besteht darin, daß man hier ziemlich häufig Gelegenheit findet, seinen Körper in Bewegung zu halten. Ein Nazi ist so was ähnliches wie ein sprechender Punchingball, der um einen Satz heiße Ohren bittet, obwohl viele Intellektuelle, die ihre Feigheit mit dem Gewand des Pazifismus bemänteln, einen immer wieder davon überzeugen wollen, z.B. in dieser Bande Betrunkener keine Nazis zu sehen, sondern von der Konsumgesellschaft Ausgestoßene, mit dem System Unzufriedene. Als wäre Nazismus nicht der Inbegriff von Scheiße.

»Verschwindest du oder nicht, Kanakenschwein«, fragte ein anderer.

Ja, klar. Der Tag fing gut an – obwohl es schon fast sechs Uhr abends war. »Herzlichen Glückwunsch«, sagte ich zu mir und ließ meinen linken Fuß gegen die Palette mit den Bierdosen schnellen.

Die Typen wichen auf einen angemessenen Abstand zurück, um mich von sicherer Entfernung aus zu beleidigen, derweil ich mit Fußtritten Bierdosen platzen ließ. »Herzlichen Glückwunsch«, wiederholte ich bei den letzten Schritten dieses Zerstörungstanzes. Dann entfernte ich mich, die Schuhe voller Schaum, in Richtung Bahnsteig.

Der U-Bahn-Waggon war vollgepfropft mit schweigenden Individuen. Wie immer musterten mich einige mit offensichtlicher Mißbilligung, um dann in dem Alphabetisierungskurs fortzufahren, den ihnen die Bild-Zeitung bietet. Reisegefährten einer kurzen Fahrt von fünf U-Bahn-Stationen. Vielleicht waren es nicht immer dieselben auf all meinen U-Bahn-Fahrten. Aber für mich sind sie alle gleich.

Nach acht Stunden Arbeit in der Fabrik oder im Büro erschöpft und ohne jegliche Energie oder auch nur den Wunsch, sich in ein warmes Café zu setzen, um vielleicht zu überlegen, was man mit den süßen Stunden der sauer verdienten Freizeit anfangen könnte. Verschlossen nehmen sie einen Schluck aus der unvermeidlichen Bierdose, die unten am Schienbein steht. Machen sich auf den Weg zu einem schweigsamen Zuhause, zu einigen schweigsamen Gurken, einigen extrem traurigen Scheiben Wurst, einem unbequemen Paar Pantoffeln, die aber den Teppich schonen, zu einem Bier und noch einem und noch einem mehr, auf den Weg vor den Fernseher mit niedriggestellter Lautstärke, um zu überprüfen, ob der Nachbar die Vorschriften gegen Ruhestörung einhält.

Einer der Fahrgäste näherte sich einem Plakat des Arbeitsamtes. Er las es, holte einen Bleistift aus der Tasche und notierte sich etwas auf dem Rand seiner Zeitung. Ich näherte mich ebenfalls dem Plakat. Es war eine Information über berufliche Weiterbildung. »Zum Lernen ist es nie zu spät.«

Aber was sollte jemand wie ich mit vierundvierzig Jahren noch lernen können?

Ich hatte eine Anstellung und mußte zusehen, daß ich sie behielt. Die Aussichten, etwas anderes zu finden, wenn es nicht gerade das Ausladen von tiefgefrorenen Bananen im Hafen sein sollte, waren jedenfalls alles andere als rosig. Wofür zum Teufel ist ein Typ wie ich schon zu gebrauchen? Wozu zum Teufel taugt schon ein 44jähriger ehemaliger Guerillero? Auf dem Hamburger Arbeitsamt würden sie meinen Antrag auf berufliche Weiterbildung nicht gerade wohlgesonnen bearbeiten, wenn ich unter der Rubrik »Welche Fähigkeiten besitzen Sie?« auflisten würde: Experte in Techniken des Aus- und Gegencheckens, Sabotage und verwandte Zweige, Fälschung von Papieren, handwerkliche Herstellung von Sprengstoffen, Diplom in Niederlagen.

Ich hatte eine Arbeit, die es mir erlaubte, morgens zu schlafen. Nach dem Aufwachen verbrachte ich gewöhnlich ein paar Stunden in der Badewanne oder saß auf dem Klo und las Krimis. Abends versah ich meinen Dienst als Sicherheitsverantwortlicher für das *Regina*, eines der letzten Varietés der *Großen Freiheit.*

Die Arbeit war keine besonders große Belastung und bedurfte keiner analytischen Verrenkungen. Es handelte sich darum, alte Männer zur Mäßigung zu rufen, die durch den Anblick von zwei Titten heißgelaufen waren und auf die Bühne zu steigen versuchten, um zu überprüfen, ob ein derartiges Wunder Silikonbetrug oder schieres weibliches Fleisch war. Den Feilschern in den Séparées mußte ich außerdem erklären, daß die Mädchen mit dem tiefen Schlund zu keinem Zeitpunkt Sonderangebotspreise machten. Und ab und an mußte ich mal einem Geizhals was auf die Nase geben, der versuchte, sich unentgeltlich den Slip einer Stripperin unter den Nagel zu reißen. Eigentlich war es gar nicht so schlecht, Rausschmeißer in einem Bordell zu sein. So entschied ich mich also dafür, die Empfehlungen des Arbeitsamtes zu ignorieren.

Beim Aussteigen aus der U-Bahn schlug mir eine in die Haut schneidende Kälte entgegen, und ich sah die ersten Nutten, die im Astronautenlook ihre Quadratmeter auf der Straße gegenüber der Davidswache einnahmen. Mir die Hände reibend, ging ich auf Zelmas Imbißbude zu. Noch in der Tür machten mir die Wärme drinnen und der Duft des Kebabs, das sich vertikal und fetttriefend am Grill drehte, plötzlich Lust, meinen Geburtstag zu feiern.

Zelma, dick und rund wie eine Tonne, packte gerade einem Mädchen zwei Portionen gefüllte Paprika ein.

»Wie geht's, Landsmann?« begrüßte sie mich.

»Hungrig, Landsmännin. Sehr hungrig.«

»Und frierend, Landsmann. Du zitterst ja. Komm, nimm erst mal ein Glas Tee.«

Das Mädchen erhielt das verpackte Essen. Als es bezahlte, fragte es:

»Warum sprechen Sie deutsch miteinander? Sind Sie denn nicht Landsleute?«

»Der da ist zwangsweise Türke«, entgegnete Zelma.

»Nein, durch Osmose«, klärte ich auf.

»Das verstehe ich nicht«, sagte das Mädchen.

»Weißt du, was Osmose ist? Das ist der erzwungene oder freiwillige Durchlauf von zwei Flüssigkeiten unterschiedlicher Dichte durch ein Reagenzglas. Mit Gewalt und Schikanen schickt man die Türken durch das Haßröhrchen. Ich bin kein Türke, deshalb gehöre ich eigentlich in ein anderes Röhrchen. Sie stecken mich aber trotzdem in dasselbe.«

»Sehr gut erklärt, Landsmann. Dein richtiger Platz ist eigentlich auf der Pädagogischen Hochschule«, meinte Zelma.

»Zu kompliziert für eine Studentin. Aber du siehst aus wie ein Türke«, fügte das Mädchen hinzu und verschwand mit ihren gefüllten Paprika.

Der heiße Tee, süß und aromatisch, ließ mich die Kälte vergessen. Zwei Typen traten ein und bestellten Döner Kebab. Mit dem Glas Tee in der Hand beobachtete ich, wie Zelma Stücke des goldbraunen Lammfleisches abschnitt und sie in die leichten türkischen Brote legte.

Sie war rund wie ein Faß. Aber sie bewegte sich mit der Grazie einer Ballerina. Vielleicht hatte sie früher mal mit Bauchtanz schnauzbärtige Typen elektrisiert. Ihr schwarzes Haar war in ein weißes Tuch gewickelt, und ein kindlicher Glanz in ihren dunklen Augen ließ den Eindruck entstehen, daß sie ihre kommerzielle Tätigkeit eher als Spiel betrachtete. Ganze Generationen von Huren hatten sich in Zelmas Imbiß ernährt. In konjunkturschwachen Zeiten vertraute sie ihnen; einige zahlten mit Bargeld, andere mit Beleidigungen, aber Zelma verlor nie die gute Laune und nie den Glanz in ihren Augen.

»Jetzt aber, Landsmann. Was willst du essen?«

»Etwas ganz Besonderes. Ich hab nämlich Geburtstag.«

»Ali!« rief Zelma, und von hinten erschien Ali, ihr Ehemann, mit roten Augen vom Zwiebelschneiden.

Wenige Minuten später saß ich vor einem Tablett mit gebratenen Auberginen, gefüllter Paprika, Ziegenkäse, Peperoni, gebratenem Lamm und köstlichen Süßigkeiten aus Blätterteig und Honig.

»Ich weiß wirklich nicht, wie ich all das essen soll«, sagte ich.

»Mit Wein«, meinte Zelma. »Ali, was machst du da?«

Ali entkorkte eine Flasche portugiesischen Wein und fragte mich, wie alt ich geworden sei. Ich verriet es ihm, während ich mit vollen Backen kaute.

»Vierundvierzig«, begann er den Satz, während er die Kugeln an seinem Rosenkranz nachzählte, vierundvierzig. »Als ich so alt geworden bin, war ich fest davon überzeugt, nun sei es an der Zeit, an die Rückkehr in die Heimat zu denken. Mit unseren Ersparnissen hätten wir gut ein Restaurant in der Türkei aufmachen können, aber du kennst ja Zelma. Sie hat sich einfach geweigert, den Kiez zu verlassen. Aber du solltest langsam an Rückkehr denken, mein Freund.«

»Verdammt, Ali. Willst du mich jetzt auch noch aus Deutschland vertreiben?«

Zelmas Lachen erfüllte das Lokal, und sie hörte nicht auf zu lachen, bis sie mir schließlich gemeinsam das *Happy birthday to you* sangen.

Als ich raus ging auf die Straße, hatte es zu regnen angefangen. Die Leuchtreklamen der Sex Shops spiegelten sich auf dem nassen Asphalt, und die Zuhälter fuhren in ihren Mercedes-Sportwagen herum und kontrollierten das unter Regenschirmen zur Schau gestellte Fleisch. Ich hatte gerade meinen Geburtstag gebührend gefeiert, jedenfalls zeugte der Geschmack der verschiedenen Gewürze, die an meinem Gaumen hängengeblieben waren, davon. Aber mir hing etwas im Ohr, und das waren die Worte von Ali.

Zurückgehen, heimkehren. Heimkehren mit der Stirn voller Falten, dem Schnee der Jahreszeiten etc. Heimkehren – wohin? Das einzige, was mich in Chile erwartete, war die Gewißheit, daß es unmöglich war, meine Rache zu realisieren. Obwohl, nein. Ganz das einzige war es nicht. Es gab da noch was, eine Person, eine Frau, die mich vielleicht erwartete. Aber vielleicht hatte sie meine Abwesenheit noch nicht einmal bemerkt, da sie selbst nur aus Abwesenheit und Entfernung bestand. Oft schon hab ich mich selbst geohrfeigt, um mich in die Realität zurückzuholen. »Komm«, sage ich dann zu mir selbst, »du bist in Europa, im Westen, in Deutschland. In Hamburg, auf dem soundsovielten Längengrad.«

Aber es war so, als schlüge ich auf ein wehrloses Spiegelbild ein, denn meine rebellischen Neuronen erinnerten mich daran, daß ich im Niemandsland lebte, das einige euphemistisch Exil nennen.

Ins Exil geht derjenige, der nur eine Seite der Medaille kennengelernt hat, um seine Irrtümer in großer Entfernung von dem Ort, wo er sie begangen hat, weiter zu pflegen. Wer aber den ganzen Tunnel durchquert und entdeckt hat, daß beide Enden finster sind, der bleibt gefangen wie eine Fliege, die auf dem mit Honig getränkten Fliegenfänger klebt. Das Licht existierte nicht. Es war nichts als eine Einbildung im Fieberwahn. Und die orthopädische Helligkeit des Ortes, den du bewohnst, macht dir erst recht klar, daß du an einem Ort ohne Ausweg lebst. Und jedes weitere Jahr, das du dort verbringst, verwandelt sich in ein weiteres fesselndes Kettenglied, statt dir die Ernsthaftigkeit, Listigkeit und das Wissen zu geben, das du zu einem Fluchtversuch brauchst. Klar kannst du dich bewegen oder zumindest glauben, du tätest es; du kannst in jedwede Richtung vorwärts schreiten, die Grenzen werden sich im Verhältnis zu deiner Schrittlänge immer mitbewegen und auf Distanz bleiben. Nein, Ali. Hier komme ich nicht mehr raus. Es sei denn, es wird noch mal ein Wunder geschehen. Wir alten Guerilleros haben allerdings weder Zeit noch Lust, uns an neue Mythen zu klammern. Es ist schon schwer genug, die bisherigen Grabstätten zu pflegen. Im Kern ist mein Problem die Angst, splitternackt zu sterben, Ali. Jahrelang habe ich, wie so viele, die Kugel gesucht, in die mein Name eingeritzt ist, um sie mit meinen eigenen Rippen aufzufangen. Das war der Schlüssel zu einem würdigen Tod, gewandet in das elementare Kostüm festen Glaubens. Aber schließlich ist alles zu Ende gegangen, der Glaube verpufft, und das Dogma ist nichts mehr als eine Anekdote aus der Kindheit.

Ich bin nackt und bloß zurückgeblieben, der großartigsten Perspektive beraubt, die Subjekte wie ich damals haben konnten: für etwas zu sterben, das Revolution genannt wurde und der Idee des Paradieses ähnelte, die heute die islamischen Fundamentalisten beflügelt. In unserem Fall allerdings mit Salsa-Musik.

Ich betrat das *Regina*, als die Show bereits begonnen hatte. Auf der Bühne simulierte ein Mädchen mit einer Feder-Boa eine Masturbation. Ich nahm meinen Platz am Tresen ein, während neben mir Big Jim seinen Spezialtrunk aus einem halben Liter Milch, sechs Eiern, einer Prise Pfeffer und einem Glas Rum schüttelte. Er trank ihn ex und fluchte am Ende wie immer »Scheiße«, begleitet von einer Geste des Ekels.

Bevor er auf die Bühne stieg, klopfte er mir auf die Schulter.

»Total ausverkauft. Vier Seelen hab ich gezählt.«

»Schlechter Abend, Schwarzer. Vielleicht wird es im zweiten Durchgang besser.«

Big Jim war ein Muskelprotz, dessen Rundungen von dichtem schwarzen Glanz überzogen waren. In die Polyesterhaut einer Leopardenimitation eingehüllt, wartete er an der Seite der Bühne darauf, daß der Conferencier ihn vorstellte.

»Hochverehrtes Publikum des *Regina*..., na ja, das ist eben so eine Redensart. Niemand soll sich beleidigt fühlen. Liebes nicht so hoch verehrtes Publikum des *Regina*! Ist es so recht? Heute hier bei uns, direkt aus New Orleans, der Koloß der amerikanischen Peep show: Big Jim Splash, der telepathische Bumser!«

Die vier Seelen im Saal pfiffen, während Big Jim zur Bühnenmitte schritt und einen Hocker hinter sich her zog. Dort wartete er darauf, daß der Discjockey die ersten Töne von *Also sprach Zarathustra* ertönen ließ, um die Verhüllung abzulegen und im Adamskostüm dazustehen.

Die vier Seelen waren phonetisch eindeutig als Bayern zu identifizieren. Sicherlich verstanden sie nicht, was telepathischer Bumser bedeuten sollte. Mit krampfähnlichen Kehlkopflauten versuchten sie deutlich zu machen, daß sie gekommen waren, um nackte Frauen zu sehen. Auf keinen Fall Männer, und einen Schwarzen schon gar nicht. Aber als Big Jim sich auf den Hocker setzte und durch sein Hüftschwingen die Spannbreite seiner hängenden Männlichkeit wie ein Pendel in Schwingung versetzte, setzte die respektvolle Stille ein, die alle Künstler zu würdigen wissen.

»Scheißabend. Und ich muß Geld ranschaffen für die Miete«, sagte Tatjana, die Polin.

»Bei der Kälte unmöglich. Vier Seelen«, erwiderte ich.

»Fünf. In einem Séparée sitzt ein Typ im Rollstuhl. Ich wollte ihm Gesellschaft leisten, aber er hat einen ekelhaften Hund, der mich nicht ließ.«

Ich schaute zu den Séparées. Schemenhaft konnte ich den Mann erkennen, der in einem Rollstuhl saß. Auf dem Tisch stand ein Sektkühler. Der Hund saß wahrscheinlich unter dem Tisch.

Auf der Bühne preßte Big Jim mit geschlossenen Augen Hände und Arschbacken zusammen. Sein Glied hatte beträchtlich an Volumen gewonnen und zielte mit der violettfarbenen Eichel auf das Publikum. Big Jim bleckte die Zähne, als seine Hüftschwünge in wellenförmige Bewegungen übergingen.

»Gibst du mir einen Grappa aus? Ich hab keinen Pfennig mehr«, klagte Tatjana.

»Aber nur einen. Du mußt deine Nummer noch machen. Guck, der Schwarze läßt gleich die Pferde los.«

»Scheiß-Schwarzer. Ich weiß echt nicht, wie er das macht. Dreimal hab ich ihn schon mit ins Bett genommen, und es klappt nicht. Hast du gesehen, wie glücklich er wird, wenn es Frauen im Publikum gibt, die sich darum streiten, ihm den Schwanz zu betatschen.«

»Mich hast du noch nie ins Bett eingeladen.«

»Stimmt. Wahrscheinlich, weil du wie ein Bruder für mich bist. Und unter Geschwistern vögelt man nicht. Weißt du übrigens, daß du irgendwas von einem Mönch hast. Nun werd' mal nicht gleich sauer. Und danke für den Grappa.«

Die Wellenbewegungen von Big Jim gingen in einen frenetischen Tanz über. Schweiß rann über den Körper des telepathischen Bumsers. Plötzlich stand er auf, hob die Arme und verschränkte sie im Nacken. Er bog sich nach rückwärts, so daß sein Glied bis zur größtmöglichen Länge ausfahren konnte. Dann entfuhr ihm ein Stöhnen, das aus dem tiefsten Inneren seines Körpers kam. Die Öffnung in der Eichel weitete sich und spuckte Samenergüsse aus, die die leeren Tische in der ersten Reihe bekleckerten.

Die vier Seelen zögerten mit dem Applaus. Einer von ihnen traute sich dann aber, die katholische Erstarrung zu durchbrechen und forderte eine Zugabe. Big Jim war aber schon von der Bühne gegangen, die synthetische Leopardenhaut hinter sich her schleifend. Tatjana war jetzt dran.

»Direkt aus Warschau, Tatjana, das polnische Juwel des Striptease. Personen mit Kreislaufbeschwerden werden gebeten, den Saal zu verlassen, bevor sie den BH ablegt.« So kündigte der Conferencier sie gewöhnlich an. Heute sagte er aber kein einziges Wort. Totenbleich verharrte er und starrte zum Eingang. Was er sah, verfärbte auch mich in der eben erwähnten Art.

Fünf Riesenbabies. Skinheads. T-Shirts mit der Aufschrift: »Ich bin stolz, ein Deutscher zu sein.« Yankee-Bomberjacken. Fallschirmspringerstiefel. Unter dem Bellen von *Deutschland, Deutschland über alles* und Rülpsen im Akkord kamen sie rein. Ihre Lungen und die Vaterlandsliebe hatten sie angemessen mit Bier abgefüllt. Als sie das Abbellen der Vaterlandshymne beendet hatten, kletterte einer von ihnen auf einen Tisch.

»*Heil Hitler!* Von jetzt an gelten in diesem Schweinestall die Regeln der deutschen Moral. Erlaß Nummer eins: Für die Philippinerinnen, Polinnen sowie die degenerierten Neger gilt ab sofort das Verbot, sich öffentlich zur Schau zu stellen, da sie die deutsche Würde verletzen. Zwei: Den diensttuenden Huren wird verboten, mit Ausländerschweinen zu vögeln. Drei: Das gesamte künstlerische und Dienstpersonal sowie die Schwanzlutscherinnen der Séparées werden fünfzig Prozent ihrer Einnahmen an die Union des Deutschen Volkes abführen, deren ehrenamtliche Repräsentanten sich vor Ihnen befinden, um die Abgaben einzusammeln. *Heil Hitler!*«

Nach Abschluß der pathetischen Rede verlangten sie eine Runde Bier und drohten im Falle der Nichterfüllung mit einer kleinen Demonstration ihrer Stärke. Um die Ernsthaftigkeit dieses Vorhabens zu unterstreichen, gaben sie dem Barkeeper eine Ohrfeige.

So war die Reihe also an mir, mit den Babies in den Dialog zu treten. Zum Teufel auch! Schließlich wurde ich dafür bezahlt.

Als ich mich den Babies des »Vierten Reichs« mit der versöhnlichsten Geste näherte, die ich kannte, wollte es der Zufall, daß ich über eine unsichtbare Stufe stolperte und das Gleichgewicht verlor. Im Fallen kollidierte meine Stirn mit der Fresse des Nazis, der die Rede gehalten hatte. Kinderheilkunde ist wahrhaftig noch nie mein Fall gewesen, aber ich wußte immerhin, daß man bei Babies schnell handeln muß. Während ich ihn also wegen der verlorengegangenen Zähne bemitleidete, stieß ich ihm schnell noch ein paarmal mein Knie in die Weichteile und stimmte dann in den Hamburger Chor der nachtwandelnden Sänger ein, die nach der Polizei verlangten.

Und die kam tatsächlich. Mit Sirenengeheul und gezogener 9-mm-Walther in der Hand. Das erste, was sie sahen, war das Baby auf dem Fußboden. Der Skinhead kehrte allmählich wieder zu den Annehmlichkeiten des Sauerstoffs zurück. Zusammengekrümmt wie ein Winkeleisen, reagierte er allerdings mit Abwehrschlägen auf den kleinsten Versuch, ihn zu bewegen.

»Wer hat diesen Mann angegriffen?« fragte einer.

»Niemand. Die sind gekommen, um zu provozieren. Sehen Sie, wie sie mein Gesicht zugerichtet haben«, sagte der Barkeeper.

»Lüge. Wir sind hereingekommen, um ein Bier zu trinken, und der Türke da hat sich sofort auf uns geschmissen«, kreischte eines der Babies.

»Du, Türke. Zeig mir deine Papiere«, befahl der Anführer der Herde.

»Warum?«

»Weil ich es sage, Scheiße. Reicht dir das nicht?«

Mit der Bullerei soll man nicht diskutieren. Zumindest dann nicht, wenn sie als Mannschaft daherkommen und wie wilde Tiere auf dich zielen.

Mit betont langsamen Bewegungen zog ich mit den Fingerspitzen aus der Innentasche meines Jacketts meinen Paß hervor. Der Bulle betrachtete interessiert den blauen Einband. Vielleicht reichten seine Zoologiekenntnisse nicht aus, um zu erkennen, daß der Vogel im chilenischen Wappen kein Huhn, sondern ein Kondor war, und das auf seine zwei Pfoten aufgerichtete Vieh kein Windhund, sondern ein *huemul*, ein Andenhirsch.

»Weshalb hast du einen chilenischen Paß?«

»Niemand kann sich aussuchen, wo er geboren wird.«

»Ich bin Deutscher, und diese Schweine haben mich geschlagen. Oder muß ich mich dafür auch noch bedanken?« beschwerte sich der Barkeeper.

»Ich bin Zeuge. Sie haben ihn grundlos geschlagen«, unterbrach Tatjana.

»Name!«, sagte der Bulle.

»Tatjana Janowsky. Polnische Staatsbürgerin.«

»Haben Sie keine Angst, sich zu erkälten?« fragte der Bulle und zeigte auf Tatjanas Mini-Slip.

»Ich wollte gerade meine kulturelle Vorführung beginnen, als diese Schweine hier einfielen«, fuhr Tatjana fort.

»Sie hat uns beleidigt. Sie sind selbst Zeuge. Wir waren kaum ins Lokal gekommen, als der Kanake über uns herfiel«, kreischte ein anderes Baby.

Der Bulle mit der Engelsstimme machte ein Zeichen, um die Ruhe wiederherzustellen, und gab den Paß an einen Untergebenen weiter.

»Sieh mal nach, ob der Vogel sauber ist, und ruf einen Krankenwagen für den da«, befahl er und zeigte dabei auf das Baby, das immer noch auf dem Fußboden wimmerte.

»Wie lautet deine Version?« fragte er mich.

»Sie kamen herein, verunglimpften das Lokal und schlugen den Barkeeper. Als ich sie bitten wollte, das Lokal zu verlassen, stolperte ich und stieß mit diesem Herrn zusammen. Es tut mir sehr leid. War reiner Zufall.«

»Natürlich. Und die Eier sind ihm in den Hals gerutscht, weil er einen Schluckauf hatte. Ich fürchte, du mußt mitkommen. Reine Routineangelegenheit.«

»Aber warum? Das einzige, was er getan hat, ist, den Ruf des Lokals zu verteidigen«, sagte Big Jim.

»Wer ist diese Pflaume?« fragte der Bulle.

»Big Jim Splash. Der telepathische Bumser. Amerikaner«, berichtete der Barkeeper.

»Bedecken Sie sich, oder ich zeige Sie wegen Erregung öffentlichen Ärgernisses an«, war die unmißverständliche Antwort des Bullen.

Die Angelegenheit nahm eine ziemlich beunruhigende Wendung. Die deutsche Polizei wird fürchterlich sensibel, wenn man ihr Schema durcheinanderbringt. Sie hatten hier einen ganz klaren, einwandfreien Fall von Störung der öffentlichen Ordnung vor sich, mit einem Türken, der ihnen als Schuldiger auf dem Tablett serviert wurde. Nun war aber der Türke gar kein Türke und hatte sogar noch einen Deutschen als Zeugen zu seinen Gunsten. Üble Angelegenheit, schien der Bulle zu denken. Und es bedurfte keines allzu großen Scharfsinns, um seine Absichten zu erraten:

Er wollte mich gerne ein paar Stunden in einer Zelle sehen, als Schicksalsgefährte zusammen mit den vier Babies, die jetzt wieder auf zwei Beinen standen.

»Gib mir deine Händchen«, befahl er und zeigte mir die Handschellen.

Man muß verlieren können. Ich gehorchte, und im selben Moment hörte ich die Stimme des Mannes im Rollstuhl. Er sprach mit bedächtigem Schweizer Akzent und ohne sich aus dem Séparée zu bewegen.

»Kommissar. Bemühen Sie sich bitte einen Moment hierher. Ich glaube, ich kann Ihnen helfen, dieses Mißverständnis aufzuklären.«

Während der Polizist zu dem Invaliden ging, kamen die Sanitäter herein. Den Tritten und Schlägen des Babies ausweichend untersuchten sie es.

»Verlust mehrerer Zähne und vermutlich Nasenbeinbruch. Das übrige werden wir beim Röntgen feststellen«, konstatierte einer. Dann trugen sie ihn, zusammengekrümmt wie er war, auf einer Bahre hinaus.

Der Befehlshabende kam aus dem Séparée zurück. Ich streckte ihm meine Hände hin, was er jedoch ignorierte.

»Den Paß«, sagte er zu dem Polizisten, den er mit der Informationssuche zu meinen Lebenslauf beauftragt hatte.

»Er ist sauber«, entgegnete der andere.

»Dann laß uns gehen. Und ihr Bürschchen vergnügt euch beim nächsten Mal besser woanders«, gab er den Babies mit auf den Weg.

»Und ich, was ist mit mir? Meine Anzeige? Die haben mich geschlagen«, beharrte der Barkeeper.

»Wenn Sie eine Anzeige erstatten wollen, kommen Sie auf der Wache vorbei. Guten Abend.«

Sie zogen ab. In dem Moment traute sich plötzlich auch der Besitzer des *Regina* aus seinem Büro hervor. Der Mann war ein ausgesprochenes Denkmal an Tapferkeit.

»Du bist zu weit gegangen. Gut, ein Schlag ist ein Schlag, aber diesmal bist du zu weit gegangen. Solche Skandale bringen das Lokal in schlechten Ruf und halten die Kundschaft fern.«

»Vielen Dank noch, daß Sie so geholfen haben.«

»Was hätte ich deiner Meinung nach denn tun können. Ich will keinen Ärger mit der Polizei.«

»Trotzdem, vielen Dank.«

Der Barkeeper rieb sich das Gesicht mit einem Stück Eis. Er machte ein verächtliches Zeichen in Richtung Besitzer, als der wieder in sein ruhiges Büro zurückkehrte.

»Willst du einen Drink?«

»Einen Jack Daniel's mit Eis. Aber nicht mit dem Stück, das dir von der Backe tropft. Tut's noch weh?«

»Ein bißchen. Hast du gut gemacht. Der Dreckskerl darf jetzt erst mal ne Zeitlang Brei essen und sich die Nase im Nacken schneuzen. Nur schade, daß du ihm nicht die Eier zerquetscht hast. Jedenfalls hab ich kein Blut zwischen seinen Beinen gesehen.«

»Niemand ist perfekt.«

»Der Typ vom Séparée macht Zeichen, daß du zu ihm kommen sollst.«

Ich begab mich Richtung Séparée. Die Bayern waren gleich nach dem Zwischenfall gegangen, so daß er der einzige Kunde war. Ich schätzte ihn auf etwa sechzig. Vom Champagner hatte er kaum gekostet. Er rauchte eine dicke Zigarre. Als ich auf ihn zuging, kam der Hund unter dem Tisch hervor und zeigte mir die Zähne.

»Ruhig, Kanaille. Ein Glas gefällig?«

»Ich weiß nicht, was Sie dem Polizisten gesagt haben, aber ich vermute, daß ich mich bei Ihnen bedanken muß.«

»Vergiß es. Kann ich dich duzen?«

»Der Kunde ist König.«

»Das war keine schlechte Vorstellung.«

»Manchmal hat man Glück. Manchmal nicht.«

»Juan Belmonte. Weißt du, daß du den gleichen Namen hast wie ein bekannter Stierkämpfer?«

»Ich sehe, daß Sie meinen Namen kennen.«

»Ich weiß viel über dich, sehr viel.«

Was macht ein Behinderter wie du an einem Ort wie diesem? Ich schluckte die Frage wieder runter, ehe sie sich auf den Weg zu dem Alten machen konnte. Der saß in einem Rollstuhl, der mit zahlreichen Bedienungsknöpfen ausgestattet war. Der obere Teil seiner Kleidung war von guter Qualität. Sicherlich kleidete sich dieser alte Mann nicht im Schlußverkauf bei C&A ein. Seine Hände waren klein und gut gepflegt. In der Oper hätte er keinerlei Aufsehen erregt, aber in so einem erbärmlichen Varieté wie dem *Regina* war er vollkommen fehl am Platz. Ich spürte, wie er mich forschend ansah. Und auch sein Hund beobachtete mich.

»Sie haben mich gerufen. Was wollen Sie von mir?«

»Ich möchte mit dir sprechen. Privat, versteht sich.«

»Zehn Meter weiter finden Sie ein Schwulen-Lokal. Tut mir leid, aber das ist nicht mein Fall.«

»Ich, schwul? Um Gotteswillen! Im Rollstuhl und dann jemand, der es mir von hinten macht. Das gäbe vielleicht ein Bild für einen Comic. Ich mit meinem gelähmten Hintern. Agil wie ein Panzer. Um Gotteswillen!«

Er bekam einen Lachanfall, den er in einem Anfall von Raucherhusten erstickte. Der beunruhigte Hund knurrte bedrohlich.

»Ruhig, Kanaille. Ist alles in Ordnung. Wir müssen miteinander sprechen, Belmonte.«

»Das hängt vom Thema ab.«

»Deine Vergangenheit, zum Beispiel. Enttäusch mich nicht. Ich weiß, daß du Chilene bist, und Chilenen sind großartige Redner. Das kommt wohl von den Indianern. Die Mapuche wählten ihre Chefs durch Redewettbewerbe.«

»Die Schweizer sind auch gute Redner. Aber ich habe absolut kein Interesse, über meine oder Ihre Vergangenheit zu sprechen.«

»Mein Akzent ist so stark? Na gut. Laß uns über Arbeit reden.«

Arbeit. Es wäre nicht das erste Mal, daß jemand zu mir kommt, um mir eine Arbeit vorzuschlagen: »Eine ganz einfache Aufgabe, ohne Komplikationen. Du mußt nur ein paar Pakete nach Berlin bringen, verstehst du? Ein weißes Pulver, ein sehr delikates Reinigungsmittel.«

»Ich habe Arbeit, und mir gefällt, was ich mache. Lassen wir das einfach mal so stehen. Guten Abend.«

»Warte. Wenn du auch nur einen Schritt machst, wird Kanaille dir die Eier abbeißen. Du wirst für mich arbeiten, Belmonte. Ich weiß alles über dich, was man über dich wissen kann. Alles. Du glaubst mir nicht? Ich werd dir ein Beispiel geben: Vor zwei Wochen hast du Verónica fünfhundert Mark überwiesen.«

Der Finger, die ganze Hand auf dem wunden Punkt. Ich streckte meine Arme aus, in der Absicht, ihn mitsamt dem Rollstuhl und allem hochzureißen. Der Hund kam mir allerdings in die Quere, offensichtlich wollte er mir an die Gurgel springen.

»Wer zum Teufel bist du, Scheißkrüppel?«

»Siehst du, daß es doch möglich ist, miteinander zu sprechen? Ruhig, Kanaille. Du wirst für mich arbeiten, und ich kann dir versichern, daß du es nicht bereuen wirst. Hier hast du meine Visitenkarte. Wir sehen uns morgen früh um zehn. Wir gehen, Kanaille.«

Ich sah, wie er den Tisch zur Seite schob und im Rollstuhl zum Ausgang fuhr. Der Hund bewachte mit gekrümmtem Rücken und unter ständigem Zähnefletschen den Rückzug. Ich nahm die Visitenkarte. Darauf war als Logo ein Segelschiff und drei Zeilen Text:

Oskar Kramer
Hanseatischer Lloyd
Ermittlungen in Übersee

»Belmonte«, der Invalide rief mich von der Tür aus. »Fast hätte ich es vergessen: Herzlichen Glückwunsch zum Geburtstag!«

Das Lokal war leer. Ich ging zum Tresen zurück und spürte, wie der Schweiß mir den Rücken runterlief. Der Krüppel kannte meinen verwundbarsten Punkt. Ich mußte nachdenken, und zwar schnell. Wenn es etwas gab, was mich bis jetzt aufrecht gehalten hatte, dann war das die Gewißheit, daß Verónica sich in Sicherheit befand. Wenn der Behinderte von ihr wußte, dann nur deshalb, weil der Apparat meinen Namen, meine Daten, meine Schritte, meine Gewohnheiten nicht vergessen hatte. Jemand las die Briefe, die mir aus Santiago geschickt wurden.

Er wußte über Verónicas Zustand Bescheid. Vielleicht machte er mit seinen Kollegen in einem Geheimdienstzimmer anzügliche Bemerkungen darüber. Derselbe Jemand las auch meine Briefe, meine Worte, meine Liebeserklärungen, die ich Monat für Monat schrieb, damit sie sie ihr dort in den Schoß legten in der Hoffnung, daß sie eines Tages, plötzlich, nach mir fragen würde. Und daß mein Leben so wieder einen Sinn bekäme. Und in jenem Geheimdienstraum lachten die Angestellten des großen Apparates über meine Worte. Wahrscheinlich machten sie obszöne Bemerkungen, während sie Bier tranken und das Archiv füllten, das jeden meiner Schritte widerspiegelte.

»Der Chef verlangt nach dir«, sagte der Barkeeper.

Der Typ saß in einem Bürodrehstuhl hinter seinem Schreibtisch. Hinter ihm hing ein Dutzend Fotos von Künstlern des Varietés. Er kam direkt zum Kern der Sache.

»Mir hat das nicht gefallen, was du gemacht hast.«

»Das haben Sie vorhin schon gesagt.«

»Ich spreche nicht von den Skins. Ich meine den Invaliden. Ich habe alles gesehen.«

»Das ist eine persönliche Angelegenheit.«

»Deine persönlichen Angelegenheiten interessieren mich einen feuchten Dreck. Der Invalide hat das Problem mit der Polizei geregelt. Und du hättest ihn fast geschlagen. Soweit kommt es noch. Man kann nicht jemanden bedrohen oder schlagen, der gute Beziehungen zur Polizei hat.«

»Bin ich entlassen?«

»Du kannst morgen vorbeikommen und deine Außenstände abholen.«

Was für ein Tag! Mehr hätte mir nicht passieren können. Als ich zum Tresen zurückkehrte, hatte ein Dutzend Japaner die Stimmung etwas gehoben.

Ich schaute auf die Uhr. Fast Mitternacht. Zum Glück ging wenigstens mein verfluchter Geburtstag zu Ende.

»Gib mir noch einen letzten Jack Daniel's«, bat ich den Barkeeper.

»Ich hab alles mitgekriegt. Scheißtyp. Wenn ich was höre, geb ich dir Bescheid.«

»Viel Glück, Türke«, murmelte Big Jim.

»Danke, Freunde.«

Draußen regnete es heftig. Ich schlug den Mantelkragen hoch und ging Richtung Hafen. Ich mußte handeln. Ich mußte den Geschehnissen einen Schritt voraus sein, hatte aber überhaupt keine Ahnung, wo ich anfangen sollte. Während ich so lief, dicht an die Mauern gedrückt, fühlte ich plötzlich das Gewicht der Münzen in meiner Tasche. Was für eine glückliche Angewohnheit, immer Münzen dabei zu haben. Die segensreiche Gewohnheit, die mir jederzeit die Möglichkeit gab, zu kommunizieren. Ich ging in die erstbeste Telefonzelle und schloß die Tür hinter mir.

Zweimal die Null und deine Begehren schweben hinaus in den Weltraum, wo sie ein Satellit einfängt und speichert. Untrüglicher Beweis für die wissenschaftliche Zukunft, die der Menschheit vielleicht doch noch mal eine Chance gewährt. Zwei weitere Ziffern tragen deine Beklemmung aus dem Weltraum zur südlichsten Küste des Pazifiks, eine Nummer deponiert sie in Santiago, und die folgenden fünf Digitalziffern bringen sie bis ins Wohnzimmer eines bestimmten Hauses.

»Hallo! Señora Ana? ... Ja, ich bin's. Nein, nein, es geht mir gut, sehr gut. Und Verónica? ... Unverändert. Ja. Wie immer. ... Ja, bitte. Wenn Sie nachschauen, ob sie wach ist.«

Schritte. In meiner Erinnerung knarrte eine Tür. Die Scharniere müßten geölt, die Türangeln fester angeschraubt werden.

»Ist sie wach? Bringen Sie ihr bitte das Telefon. Verónica?«

Ich spürte, wie sie atmete, sagte aber nichts. Was konnte ich auch sagen? Ich bin es, Liebes, Juan. Und ich spreche zu dir, obwohl meine Stimme dich nicht erreicht, obwohl keine Stimme dich erreicht, solange du in diesem Labyrinth des Grauens verloren bleibst. Warum kommst du da nicht raus, Verónica? Warum folgst du nicht dem Beispiel deines hartnäckigen Körpers, der nach zwei Jahren aus dem Meer der Verschwundenen auftauchte, nach zwei Jahren, in denen der Apparat dich zu zerstören versuchte. Dein nackter Körper auf einer Müllkippe in Santiago. Verónica, meine Liebe.

»Juan. Es ist nutzlos. Sie hört es nicht.«

»Ja, schon gut, Señora Ana. Ich wollte nur wissen, wie es ihr geht.«

»Wie immer. Sie spricht nicht. Sie blickt unaufhörlich ins Leere, betrachtet etwas, was sie nicht mehr sehen kann. Juan ..., ist etwas nicht in Ordnung?«

»Warum fragen Sie?«

»Es ist nur, weil vor ein paar Stunden ein Freund von Ihnen angerufen und nach dem Gesundheitszustand von Verónica gefragt hat. Er sagte noch, daß Sie auch anrufen würden und daß Sie den Termin morgen nicht vergessen sollten. War das wirklich ein Freund von Ihnen, Juan?«

»Ja, ein guter Freund. Ein sehr guter Freund.«

Handeln. In die Offensive gehen. Was wollte der Invalide? Deprimiert fing ich an, seine Telefonnummer im Telefonbuch zu suchen. Ergebnislos. Und als ich die Auskunft anrufen wollte, zeigte mir ein Magenkrampf, daß sich die Probleme in der Bauchgegend verdichteten.

Ich habe Angst. Ein gutes Zeichen. Die Angst bringt dich dazu, über deine Handlungen nachzudenken. Du funktionierst noch, Juan Belmonte. Du funktionierst noch, wiederholte ich, während ich die verlassenen Bürgersteigen entlang ging.

Von der Straße aus sah ich Licht in meiner Wohnung. Das konnte auf keinen Fall der Invalide sein, der dort oben auf mich wartete. Das Haus hatte keinen Fahrstuhl. Leise ging ich die Treppe hoch. Vor meiner Tür angekommen, nahm ich meinen Gürtel ab. Ich öffnete vorsichtig die Tür, nahm den Gürtel in beide Hände und ging auf das Wohnzimmer zu. Und dort lag mit ausgestreckten Beinen der Zwerg mit der blauen Pudelmütze und schlief.

»Liegst du bequem?« rief ich zur Begrüßung.

»Verflucht! Ich bin eingeschlafen. Entschuldigen Sie, Chef.«

»Seit wann bist du hier?«

»Seit acht. Wir konnten die Heizung nicht reparieren. Deshalb habe ich Ihnen einen Elektroradiator gebracht. Ich hab mich eine Weile hingesetzt, um auf Sie zu warten. Dabei muß ich wohl eingeschlafen sein. Entschuldigen Sie.«

Er hielt einen Moment inne, nahm dann seinen Werkzeugkoffer und ging etwas zögernd bis zur Tür. Er war nicht nur extrem klein, sondern auch rundlich kompakt. Er hatte weniger Hals als eine Muschel.

»Ich möchte Sie nicht weiter belästigen, aber ...«

»Aber du mußt den Radiator wieder mitnehmen.«

»Nein, ich werde Sie doch nicht ohne Heizung hier lassen. Es ist nur, ich habe meine letzte U-Bahn verpaßt und wohne weit weg, sehr weit weg.«

»Schon gut. Du kannst hierbleiben. Ich bringe dir eine Decke.«

»Haben Sie Ihren Geburtstag gefeiert?«

»Mehr oder weniger.«

Der Zwerg öffnete daraufhin seinen Werkzeugkoffer und brachte eine Flasche Wein zum Vorschein. Glückstrahlend zeigte er sie mir, so als würde er eine Trophäe vorzeigen.

»Machen wir sie leer«, schlug er vor.

»In der Küche gibt es Gläser«, entgegnete ich und dachte an das Sprichwort von der Einsamkeit als schlechtem Begleiter.

4

BERLIN: MORGENGRAUEN EINES KRIEGERS

Frank Galinsky öffnete die Wohnungstür und stellte sich der Einsamkeit. Beim Einschalten des Wohnzimmerlichts fielen ihm dort, wo früher die Bilder gehangen hatten, die leeren rechteckigen Flecken ins Auge. Es erschien ihm ungerecht, geradezu obszön. Ohne Möbel wirkte das Zimmer enorm groß. Er schaltete alle Lichter ein und lief die gesamte Wohnung ab. Im Zimmer von Jan hingen noch ein paar Plakate von Rockstars, wie um ihm zu zeigen, daß das hier bis vor wenigen Tagen das Schlafzimmer seines Sohnes gewesen war. Er schloß die Tür und entdeckte dabei einen Gummiknochen. Wie würde *Blitz*, der Schäferhund, es wohl ohne sein Spielzeug aushalten? Helga hatte alles mitgenommen, die Möbel, Jan, sogar den Hund. Er versetzte dem Knochen einen Tritt und ging zur Küche. Dort befand sich das spärliche Mobiliar, das Helga ihm gelassen hatte: ein Klappbett, ein Tisch, ein Stuhl. Trauriger Besitzstand und ein um so traurigerer Anblick, als er die Möbel in die Küche gestellt hatte, um Heizkosten zu sparen.

Er schob den Stuhl ans Fenster. Aus einer Plastiktüte holte er eine Dose Bier und sah, die Füße auf dem Heizkörper, auf die Straße hinunter. Bald würde die erste Straßenbahn an der jetzt noch verwaisten Haltestelle halten. Bald würde das Morgengrauen einsetzen.

Bald würde der Winter zu Ende gehen. Bald würde der unvergleichliche Berliner Frühling einsetzen. Bald ...

In Wirklichkeit ging alles viel zu schnell im Leben von Frank Galinsky.

Von einem Tag auf den anderen hatte er sich in einen BRD-Bürger verwandelt. Und das, ohne in Feindesland desertieren zu müssen. Die Deutsche Demokratische Republik war nämlich plötzlich verschwunden. Sie war einfach verpufft, hatte sich in Luft aufgelöst. Ohne Glanz und Gloria, und ohne Pein, war ihr mit einem Akt, der so gar nichts hatte von der kolossalen und größenwahnsinnigen Dramaturgie, die ihre Existenz als Nation gekennzeichnet hatte, die Luft ausgegangen.

Nachdem sie sich an Bananen übergessen hatten und die Euphorie plötzlich verflogen war, lernten die Ostdeutschen, wie man sich mit dem glücklichen Leben arrangiert, das sie vier Jahrzehnte lang auf der anderen Seite der verdammten Mauer gehört, geahnt oder gerochen hatten. Jetzt galt es zu fordern, alles zu verlangen und zu besitzen. Selbst die Geschmacksnerven wurden von der Besessenheit gesteuert, die unterdrückte Neugier zu befriedigen. Längst gaben sie sich nicht mehr mit einem einfachen Schokoladen- oder Vanilleeis zufrieden. Nein, jetzt verlangte es sie nach in die Schale des Exotischen verpackten Geschmacksrichtungen: Ananas, Mango, Papaya, Maracuja. Sein eigener Sohn hatte ihn mit der Frage überrascht, ob es kein Eis aus Avocados gebe. Ja. Alles hatte sich verändert und würde sich weiter verändern.

Frank Galinsky zündete sich eine Zigarette aus hellem, amerikanischem Tabak an, den man jetzt überall kaufen konnte. Amerikanisch. Nicht dieser Dreck, den sie vier Jahrzehnte lang geraucht hatten und der nichts anderes war als getrocknetes Stroh.

Was für ein Glück, daß der *Major* nach ihm gesucht hatte. Wenn sich die Dinge in so rasantem Tempo veränderten, war es ratsam, auf der Seite derer zu stehen, die die Richtung dieser Veränderungen bestimmten.

Beim Fall der Mauer in Berlin, dem ersten Kapitel der geräuschlosen Auslöschung des Arbeiter- und Bauernstaates, hatte Galinsky zunächst ein Unbehagen gefühlt, das sich bald als Angst entpuppte, aber eine Angst, die anders war als jene, die er bei den »internationalistischen Missionen« in Angola, Kuba, Mosambik oder Nicaragua empfunden hatte. Damals, als Genosse Offizier der deutschen Nationalen Volksarmee, und mehr noch als Offizier des Geheimdienstes, hatte er zu der Elite gehört, die alle Privilegien des Staates genoß.

Und es gibt keine schlimmere Angst, als nicht zu wissen, wer dich wie und wann für die genossenen Privilegien zur Rechenschaft ziehen wird.

Von einem Tag auf den anderen waren die alten Institutionen verschwunden. Die DDR-Armee wurde aufgelöst, ihre Uniformen und Orden wechselten gegen harte Westmark auf den Flohmärkten ihre Besitzer, und die Militärs kamen, während man ihre Aktivitäten im Dienst des ausgelöschten kommunistischen Regimes untersuchte, in die »Warteschleife«.

»Warteschleife« hieß unter Verdacht zu stehen, eine ansteckende Krankheit mit obligatorischer Quarantäne zu haben. Erste Symptome dieser Krankheit waren die alten Freunde, die einem jetzt den Gruß verweigerten. Dieselben Genossen, lauter verfluchte Hurensöhne, die einstmals Schlange gestanden hatten, um ihm eine Liste von Dingen zu geben, die er ihnen von jeder Auslandsreise mitbringen sollte. Auch Helga war von dieser Krankheit infiziert, sie verlor ihre Stelle als Professorin für bildende Kunst: »Wie Sie wissen, Frau Galinsky, werden die Aktivitäten Ihres Gatten derzeit untersucht. Klar, wenn Sie sich entschließen würden, mit den Besatzungs-, pardon, mit den Wiedervereinigungskräften zu kooperieren, und uns beispielsweise über Angelegenheiten informieren könnten, die Ihr Gatte vielleicht vergessen hat...«

Nach kurzer Zeit erreichte die Krankheit auch die Wohnung, in Gestalt eines Subjekts, das dort in Begleitung von Winkeladvokaten und Polizisten vorstellig wurde.

»Wie, wer ist der Besitzer? Die Wohnung ist mein Eigentum. Ich habe Papiere, die das unter Beweis stellen. Der Staat hat mir diese Wohnung völlig legal verkauft.«

»Alles Müll, Herr Galinsky. Dieses Gebäude ist unrechtmäßig gebaut worden. Es befindet sich nämlich auf einem Grundstück, dessen rechtmäßiger Besitzer dieser von uns vertretene Herr ist. Sie können gerne Einblick nehmen in die Kopien der beglaubigten Zertifikate, die aus der Zeit der Weimarer Republik datieren. Zeit ist Geld, Herr Galinsky. Entweder Sie unterschreiben einen Mietvertrag, oder wir setzen die notwendigen legalen Schritte zur Räumung in Gang.«

Das Arbeitslosengeld reichte kaum aus, so daß Helga einen Job in einer Modeboutique annehmen mußte. Frank Galinsky ballte unterdessen jedesmal die Fäuste, wenn er zum Arbeitsamt mußte.

»Name: Frank Galinsky. Alter: vierundvierzig. Beruf: Militär. Weitere Abschlüsse und besondere Fähigkeiten: Ausbilder von Tauchern und Lehrer in Angriffstechniken. Sprachen: Spanisch, Portugiesisch, Russisch und Englisch. Interessant. Ah, aber Sie befinden sich in der Warteschleife. Ja, wir werden Sie dann benachrichtigen. Wann klärt sich Ihr Fall?«

Wozu zum Teufel taugt ein 44jähriger Ex-Geheimdienstoffizier der DDR? Diese Frage stellte sich Galinsky ein halbes Jahr lang. Dabei stand er immer am gleichen Küchenfenster, trank immer ein Bier der gleichen Marke und blickte immer verloren auf die gleiche Straßenbahnhaltestelle, so wie in diesem Moment.

Von dem gleichen Fenster aus sah er eines Abends den BMW, der vor der Tür einparkte. Ein eleganter Typ stieg aus, die grauen Haare absichtlich wie ungekämmt. Agil ging er um das Auto herum, öffnete die Beifahrertür, und Helga stieg aus. Lächelnd wechselte sie mit dem Typ ein paar Worte, die Galinsky nicht hören konnte. Der Mann hörte nicht auf, ihren Arm zu streicheln, und zum Abschied küßte er ihr die Hand.

»Wie heißt dein Chauffeur? Ich wußte nicht, daß die Boutique auch einen Fahrdienst hat.«

Mit diesen Worten begrüßte Galinsky Helga, als sie ihren Mantel auszog.

»Das war der Ladenbesitzer. Er ist sehr aufmerksam.«

»Zu aufmerksam. Offensichtlich machte es ihm Spaß, dich anzufassen.«

»Sei nicht vulgär!«

»Und du nicht nuttig! Das Recht der ersten Nacht ist mit dem Feudalismus verschwunden. Oder hast du auch schon die Geschichte vergessen?«

Helga sah ihn aus weit geöffneten blauen Augen mit eisiger Kälte an. Dann formulierte sie langsam, als hätte sie sie sich in schlaflosen Nächten zurechtgelegt, die Worte:

»Nein, ich habe die Geschichte nicht vergessen. Mehr noch, ich habe sie endlich verstanden. Und für den Fall, daß du es immer noch nicht gemerkt hast: Ich komme von der Arbeit, vom Geldverdienen, um die Miete für diese verfluchte Wohnung bezahlen zu können, während du zu nichts anderem mehr in der Lage bist, als den ganzen Tag Bier zu trinken und rumzujammern. Dieser Mann, der mich gerade hierher gefahren hat, ist mein Chef und hat phantastische Pläne für meine Zukunft. Er wird eine Filiale eröffnen und hat mir vorgeschlagen, sie zu leiten. Verstehst du? Das ist meine Zukunft, die von Jan, und wer weiß, ob es auch deine ist.«

Galinskys offene Hand traf die Frau im Gesicht. Er sah, wie sie schwankte, sich an einer Stuhllehne festhielt und dann zusammen mit dem Stuhl umfiel. Sein erster Impuls war, ihr aufstehen zu helfen. Aber Helga stieß ihn zurück.

Sie richtete sich auf, brachte ihre Kleidung in Ordnung und schloß sich im Schlafzimmer ein.

Galinsky versuchte hineinzukommen, aber die Tür war mit dem Sicherheitsschloß versperrt.

»Helga. Es tut mir leid. Ich wollte dir nicht wehtun..«

Es vergingen einige Minuten, bis sie die Tür öffnete. In der Hand hielt sie eine kleine Reisetasche.

»Was soll das heißen? Wohin gehst du?«

»Das geht dich nichts an. Laß mich durch.«

»Helga! Ich hab mich entschuldigt! Sei nicht nachtragend!«

»Ich bin nicht nachtragend, Frank. Ich bin dir sogar dankbar. Du hast mir den Anstoß gegeben, der mir selbst gefehlt hat. Ich verlasse dich, und das Kind nehme ich mit. Daran gedacht habe ich schon lange. Und wenn ich es nicht schon früher getan habe, dann vielleicht wegen eines Rests von Treue, Solidarität und all solchem Scheiß, den sie uns eingeimpft haben. Aber ich weiß auch, daß es heute darauf ankommt zu gewinnen, egal wie. Im neuen Deutschland ist kein Platz für Leute, die scheitern. Das ist die Wahrheit, die einzige Wahrheit.«

»Mach einen Schritt, nur einen einzigen Schritt, und ich breche dir sämtliche Knochen im Leib!«

»Wenn du mir auch nur ein Haar krümmst, zeige ich deine Terrorismusverbindungen an. Glaubst du, ich bin dumm? Denkst du, ich weiß nicht, was sie in deiner Vergangenheit untersuchen? Hast du deine Reisen nach Afrika und Zentralamerika vergessen? Laß mich durch, Frank! Es ist das beste für uns.«

»Verschwinde, oder ich bringe dich um!«

Helga verschwand. Eine Woche später kam sie in Begleitung eines Rechtsanwalts zurück, um ihre Sachen abzuholen, die von ihrem Sohn und die des Hundes. Fünf Monate lang hatte er sie dann nicht gesehen, bis ein Richter sie gemeinsam vorlud, um formell die Scheidung einzuleiten.

Wozu zum Teufel taugt schon ein Ex-Geheimdienstoffizier einer Armee, die geschlagen wurde, ohne auch nur die kleinste Schlacht zu liefern? Diese Frage stellte sich Galinsky unaufhörlich. Auf einer Bank gegenüber Jans Schule brütete er wieder einmal schon seit zwei Stunden über dieser Frage, als sich ein Mann neben ihn setzte.

»Warum so ein trauriges Gesicht, Galinsky? Im vereinigten Deutschland hat niemand Grund, traurig zu sein«, begrüßte ihn der *Major.*

Galinsky hatte nie direkt mit dem *Major* zu tun gehabt. Er kannte ihn aber seit Ende der siebziger Jahre, als der Offizier Leiter einer geheimen Militärakademie war, an der Dutzende von afrikanischen und lateinamerikanischen Revolutionären in Sabotage, Geheimdienstoperationen und Logistik ausgebildet wurden. Die Kursteilnehmer waren dazu bestimmt, später einmal die Offizierskader der Armeen in ihren jeweiligen Ländern zu bilden.

»Was für eine Überraschung. Wie geht es, *Major*?«

»Sehr gut. Kannst du das gleiche von dir sagen?«

Galinsky betrachtete ihn aufmerksam. Er mußte etwa sechzig sein, allerdings sah er ohne die mausgraue Uniform jünger aus. Er trug einen gutgeschnittenen schwarzen Anzug und Handschuhe aus weichem Ziegenleder. Das subtile Aroma eines After-shave war nur zu erahnen, was auf eine gute Marke schließen ließ und die Sicherheit eines Mannes verriet, der die Schalthebel fest in der Hand hielt.

»Mir geht es schlecht, *Major*. Sehr schlecht.«

»Ich habe so etwas gehört. Aber ich möchte gern deine eigene Version kennenlernen.«

Alter Fuchs, dachte Galinsky. Dieses Treffen ist alles andere als ein Zufall, und er benutzt den uralten Trick. Da haben wir die Legion der besten Krieger, der geeignetsten, vorbildlichen, die in der Lage sind, jedwede Mission an der Front zu erfüllen. Aber wenn die schwerste Stunde schlägt, in der ein Mann hinter den feindlichen Linien postiert werden muß, sind all diese Helden einen Dreck wert. Dann greift man auf den Zaghaften zurück, den, der nie in den ersten Reihen von sich reden macht, sondern auf das tote Pferd einsticht, um am Ende der Schlacht zu zeigen, daß auch sein Schwert voller Blut ist. ›Erzähl mir von deinem Kummer‹, sagt dann der Offizier. ›Vergessen wir die Rangunterschiede. Laß uns von Mann zu Mann reden.‹ Und der andere läßt sich fallen, zeigt seine Schwächen und Blößen, während der Offizier Zuhören simuliert. Der andere wird, ohne es zu wissen, einem Geheimdiensttest unterzogen. Am Ende gibt es für alle offengelegten Sachverhalte, die plötzlich in Vergehen verwandelt sind, das großzügige Angebot der Vergebung, der Rehabilitation durch Buße, durch den Pilgergang auf die andere Seite der feindlichen Linien. Es ist ratsam, solche Freiwilligen unter denen zu suchen, die sich am wenigsten für heroische Aktionen eignen, oder in dem Teil der Zivilbevölkerung, der am stärksten von den Auswirkungen des Krieges betroffen ist. – Was für ein gerissener Hund du doch warst, von Clausewitz!

»Ich bin am Ende. In der Warteschleife. Arbeitslos. Geschieden. Und in zwei Wochen muß ich meine Wohnung aufgeben. Kaputt, Major, total kaputt.«

»Ich weiß. Aber deine Situation kann sich ändern, Frank Galinsky, alter Kumpel aus der Sektion Lateinamerika. Bist du bereit, eine Mission zu übernehmen?«

»Jede, wenn ich damit aus dieser Scheiße rauskomme.«

»Keine weiteren Fragen?«

»Ein Soldat braucht nicht mehr zu wissen als seinen Bestimmungsort und seinen Auftrag.«

»Deine Situation hat bereits angefangen, sich zu verändern, Galinsky. Morgen abend haben wir zusammen ein Arbeitsessen. Ich werde dich Punkt acht auf unserem geliebten Alexanderplatz an der Weltzeituhr abholen.«

Frank Galinsky begrüßte seinen Sohn, indem er ihm den Haarschopf raufte. Er nahm den Schulranzen und warf ihn sich über die Schulter. So gingen sie die fünf Wohnblöcke von der Schule bis Helgas Wohnung.

»Jan, erinnerst du dich, daß ich dir versprochen habe, einmal Ferien in Spanien zu machen? Es wird nicht mehr lange dauern.«

»Wirklich? Gibt es Pionierlager in Spanien? Und Blitz? Können wir ihn mitnehmen?«

»Natürlich. Der Hund kommt auch mit.«

Nachdem er Jan abgeliefert hatte, machte er einen Spaziergang durch die Stadt. Er ging euphorisch, mit dem Gefühl, daß sein Leben neu begann. Plötzlich sah er sein Spiegelbild im Glas einer Vitrine.

»Ganz schön runtergekommen, Genosse, richtig eklig. Und wenn du werden willst, was du mal warst, fängst du am besten sofort an«, murmelte er vor sich hin. Dann begann er einen leichten Dauerlauf, der ihn zu den Ufern des Wannsees führte.

Er lief um den See, bis die Nacht über Berlin hereinbrach, bis das letzte Haus am Uferrand die Lichter löschte, bis seine Muskeln protestierten; bis er sich bewiesen hatte, daß er immer noch fähig war, sie zu beherrschen und seinen Körper zu besiegen, bis er auf der Uhr sah, daß es vier Uhr morgens war.

Als er anhielt, war sein Körper vollkommen in Schweiß gebadet. Aus sämtlichen Poren hatte er die Schande der Niederlage ausgeschwitzt.

5

HAMBURG: EIN SPAZIERGANG DIE ELBE ENTLANG

Ein Wadenkrampf weckte mich. Als ich die Augen öffnete, um das verspannte rechte Bein zu suchen, sah ich, daß ich auf dem Sofa lag. Auf dem Couchtisch, standen eine Thermoskanne, frische Brötchen und ein Glas Marmelade.

»Guten Morgen, Chef«, grüßte der Zwerg. Ohne seine Pudelmütze und mit nassem Haar sah er noch pummeliger aus. Offensichtlich hatte er gerade geduscht.

»Wie spät ist es?«

»Halb acht, Chef. Anscheinend hat der Wein gestern nacht Sie umgehauen. Sie sind urplötzlich in Schlaf gefallen, und ich wollte Sie nicht stören. Möchten Sie Kaffee? Es gibt frische Brötchen.«

»Wo hast du geschlafen?«

»In Ihrem Bett, Chef. Aber auf der Bettdecke. Nicht daß Sie denken, ich hätte Ihre Bettwäsche dreckig gemacht. Ich wollte nur einfach nicht stören. Und jetzt muß ich gehen. Der Ingenieur muß jeden Moment kommen. Heute werden wir wirklich die Heizung reparieren. Bis später.«

Er setzte seine blaue Pudelmütze auf, nahm den Werkzeugkoffer und ging zur Tür.

»Warte einen Moment. Wie heißt du eigentlich?«

»Pedro de Valdivia. Das heißt, in Wirklichkeit heiße ich Pedro Valdivia. Das ›de‹ hab ich selbst dazu gesetzt. Klingt so etwas eleganter, nicht wahr, Chef?«

»Ja, super. Hör mal, Pedro de Valdivia. Ich möchte dich um einen Gefallen bitten.«

»Nur zu.«

»Es kann sein, daß jemand für mich anruft, wenn ich nicht hier bin. Wenn sie nach mir fragen, sag, daß ich gestern weggefahren bin und du nicht weißt, wann ich zurückkomme. Das gleiche, wenn sie nach mir suchen. Klar?«

»Frauengeschichten, Chef?«

»Schlimmer. Tust du mir den Gefallen?«

»Sie sind gestern weggefahren, und wer weiß, wann Sie zurückkommen.«

»Genau. Danke, Kumpel.«

Unter der Dusche versuchte ich eine mechanische Situationsanalyse: a) der Invalide konnte unmöglich Bulle sein; Polizisten im Rollstuhl gibt's nur im Kino; b) er hatte gute Beziehungen zur Polizei, das heißt, er war jemand von »oben«, mal abgesehen von der Frage, auf welcher Höhe genau er sich bewegte; c) außer zur Polizei hatte er auch Beziehungen zum Verfassungsschutz, der politischen Polizei der BRD. Nur von ihnen konnte er die Informationen über mich haben. Und daß er von Verónicas Existenz wußte, bestätigte das. Mir war immer klar, daß ich als Exilierter im Gedächtnis von *Big Brother* gespeichert war. Ich hatte mir aber nicht vorstellen können, daß ich für sie so wichtig war, daß sie sich um meine Post und Geldanweisungen kümmerten. Ich war das, was man einen gläsernen Menschen nennt; d) der Invalide war nicht von der politischen Polizei, er hatte mich nämlich in eine Versicherungsagentur zitiert. Selbst wenn das Büro nur eine Tarnadresse für den Geheimdienst war, warum sollte er sie dann für einen Typ wie mich verbrennen? Außerdem, wenn die politische Polizei etwas von mir wollte, wenn ich ihnen z.B. als Spitzel dienen sollte, hätten sie mich nicht an einem öffentlichen Ort kontaktiert. Schlußfolgerung: keine. Was zum Teufel wollte der Krüppel von mir?

Als ich auf die Straße trat, merkte ich, wie lange ich schon kein Morgenlicht mehr gesehen hatte. Es war fünf vor neun. Aus meiner Hosentasche holte ich die Visitenkarte, die der Invalide mir gegeben hatte, und sah, daß darauf keine Adresse angegeben war. Mir gefiel das nicht. Der Alte hatte den einzigen Köder ausgelegt, auf den ich anbeißen könnte: Verónica, zitierte mich aber an einen nicht festgelegten Ort. Was für ein Spiel war das jetzt? In einem Telefonbuch suchte ich die Adresse des Hanseatischen Lloyd. Es war nicht weit entfernt, im Hafen, und ich beschloß, zu Fuß dorthin zu gehen.

Beim Laufen sah ich die Stadt auf eine unbekannte Art. Es war kalt, und die Stämme der entlaubten Bäume waren mit grünem Moos, einem fast glänzenden, intensiv grünen Moos bedeckt, den ebenfalls grünen Kupferdächern der typischen Hamburger Gebäude vergleichbar. Die Stadt gefiel mir. Sie gefiel mir wie das Wiedersehen mit jemanden, der uns beschützt, ein Dach geboten und uns manchmal eine kleine Freude bereitet hat. Die Vorstellung, diese schützenden Flügeln vielleicht verlassen zu müssen, schmerzte.

Dieses Schmerzgefühl war mir nicht fremd. Ich erinnerte mich, wie ich nach meinem letzten politischen Fiasko zufrieden in Cartagena de Indias gelebt hatte. Ich arbeitete als Korrektor bei einer Tageszeitung, was mir erlaubte, die einzigartigen karibischen Spätnachmittage zu genießen. Bis mich eines Tages zwei Subjekte auf der Straße mit dem überzeugenden Argument von zwei auf meinen Bauch gerichteten Pistolenläufen abfingen.

Das war's also, dachte ich. Ich vermutete Mitglieder irgendeiner Todesschwadron, denen sie, aus welchem Grund auch immer, meinen Namen ausgehändigt hatten.

»Ganz ruhig, Mann, dir passiert nichts«, sagte einer von ihnen.

»*Jemand* hat dich zu einem Schnaps eingeladen. Und weil du keine Ahnung davon hast, werden wir dich hinbringen. Mach nur keinen Mist, Mann«, sagte der andere.

Meine Leibwächter brachten mich zu einem Restaurant mitten im Zentrum von Cartagena. Dort begrüßte mich ein Mann, den sie *Akademiker* nannten. Er bot mir ein Glas Chivas an, was ich zurückwies.

»Mögen Sie keinen Whisky?« fragte der *Akademiker.*

»Doch. Aber nur Jack Daniel's, und zwar mit Eis.«

Der *Akademiker* drehte sich zu den Leibwächtern um.

»Ein sandinistischer Comandante, der Yankee-Whisky trinkt. Was saget ihr dazu?«

»Chivas ist halt ein Getränk für Männer«, erwiderte der eine.

»In Kolumbien sind wir alle Männer, Chilene. Wie sieht's damit in deinem Scheißland aus?« wollte der andere wissen.

»Dort sind wir zur Hälfte Männer und zur anderen Hälfte Frauen. Macht sich gar nicht so schlecht, so halb und halb.«

Die Leibwächter stiegen auf die Frotzelei nicht ein und drohten: »Nun werd mal nicht frech, Bürschchen«, aber der *Akademiker* befahl ihnen zu schweigen.

»Mir gefallen Männer, wenn sie hitzig und zornig sind. Aber wir wollen doch lieber auf dem Teppich bleiben. Hör zu, Belmonte, Juan Belmonte. So ein Zufall, hat den gleichen Namen wie der Torero bei Hemingway. Hör zu: *Jemand von oben* will, daß Sie für ihn arbeiten. Kennen Sie Medellin? Das ist eine schöne Stadt, in der die Dollars nur so fließen. Allerdings müßten die Dinge dort ein bißchen in Ordnung gebracht werden. ›Jemand von oben‹ denkt, daß ein Mann mit Ihrer Erfahrung da sehr gelegen kommt. Sie verstehen.«

»Kann ich die Sache überdenken?«

»*Dort oben* sagt man, daß Sie die Sache bereits überdacht haben.«

»Ja, sicher. Ich vergaß. Wann mache ich mich auf den Weg nach ›oben‹?«

»Morgen. Die Freunde hier werden sie begleiten. ›Dort oben‹ möchte man nicht, daß Sie uns verloren gehen.«

Gesegnet seien die fünf Gebote der Klandestinität, die es ihren heißgeliebten Söhnen ermöglichen, sich auch unter widrigen Umständen zu bewegen. Die einem das Wissen bescheren, welche Kneipen Scheißhäuser mit Fenster haben. Die einen verpflichten, Postfächer zu eröffnen, wo man seine Papiere und wenigen Besitztümer aufbewahrt, und außerdem immer ein Flugticket der nationalen Fluggesellschaft in die nächstwichtigste Stadt zur Hand zu haben. Die einen lehren, seinen Namen exakt zu buchstabieren, damit er korrekt geschrieben in der Passagierliste steht. Und die einem eine Prostituierte zur Geliebten geben, der gegenüber man sich großzügig zeigen muß, ohne dafür peinliche Gegenleistungen zu verlangen.

Edle Prostituierte. Sie half mir, Cartagena an Bord der *Tramp* zu verlassen, die in der Karibik kreuzte. Ich ließ den Golf von Darién hinter mir, während mich in Bogotá zwei Männer des *Akademikers* am Flughafen erwarteten. Ich sagte Cartagena und meinem Traum Lebewohl, ruhig und vergessen am Meer zu leben. Wie es in den Versen von Gil de Biedma geschrieben steht: »Wie ein ruinierter Edelmann in den Ruinen meiner Intelligenz.«

Natürlich schmerzte es mich, die Karibik zu verlassen. Aber zwischen den Alternativen, sich in einen Killer für die Drogenmafia zu verwandeln oder in die Trumpfkarte der neben dem Leichnam eines ausländischen Extremisten posierenden kolumbianischen Militärs, bietet uns das Leben immer noch eine dritte Möglichkeit: nämlich die, sich aus dem Staub zu machen.

Teufel auch. Vielleicht war die Stunde gekommen, Hamburg zu verlassen. Ich hatte eine Reservierung für eine Reise nach Costa Rica offen und in meinem Postfach lagen zweitausend Dollar in bar. Ich konnte überallhin verschwinden. Mein Problem war nur Verónica, die in Santiago vollkommen allein war. Nicht mal sich selbst hatte sie dort.

»Ich werde hinfahren, Oskar Kramer. Durch deine Dreistigkeit hast du mich in der Hand. Vielleicht kennst du mein Leben bis ins kleinste Detail. Aber eins ist dir entgangen: Ich weiß zu verlieren, und das ist in diesen Zeiten eine verdammt große Tugend«, sagte ich zu mir, als ich die Richtung zum Gebäude des Hanseatischen Lloyd einschlug.

»Grundregel vor dem Kampf: Der Guerillero weiß, daß er einem in militärischer Hinsicht überlegenen Feind gegenübersteht. Deshalb muß er einen Schlag ausführen, hart und auf entscheidende Art und Weise, und sich dann zurückziehen. Er muß ruhig und gelassen in die Schlacht gehen, sicher, daß er die Kräfteverhältnisse korrekt analysiert hat. Und daran denken, daß die Naturgegebenheiten den Guerillero unterstützen und ihm das erforderliche Gewicht verleihen.« Comandante Giap.

Verfluchter Vietcong, alter Fuchs. Aber ich folgte seinem Rat. Ich war kaum ein Stückchen gelaufen, als ein Wolkenbruch herunterprasselte. Ich beschloß, mich zu entspannen, und beschleunigte meinen Schritt. Dabei dachte ich an einen Regenschirm. Ich würde mir einen japanischen kaufen, den allerneuesten Typ, ausgestattet mit einem Sensor, der mit Roboterstimme zu rufen beginnt, wenn sich sein Besitzer mehr als einen Meter entfernt hat: »Vergiß mich nicht!« Ob so ein Wunderding existierte? Die Japaner wären schon rechte Kretins, wenn sie sich noch nicht an die

Erfindung eines solch unerläßlichen Apparates gemacht hätten. Der Regenschirm, der nie verlorengeht. Der Regenschirm mit Alarm. Der Regenschirm, der sich nicht öffnen läßt, wenn er in fremde Hände gerät.

Oh je, sieht aus, als wäre ich am Verblöden. Zwar schaffte ich es, an andere Dinge zu denken, doch die Hamburger Luft verbreitete weiter den Geruch, den ich nur zu gut kannte: den widerlichen Geruch nach Flucht.

Der Portier des Hanseatischen Lloyd, der größten Seeversicherungsgesellschaft, wie es eine Bronzeplakette am Eingang verkündete, sah mich mit dem gleichen Interesse an, wie man Hundekot auf dem Bürgersteig betrachtet.

»Guten Tag. Ich habe einen Termin mit Herrn Oskar Kramer«, sagte ich.

»Sprechen Sie deutsch?«

»Ich habe einen Termin mit Herrn Kramer. Um zehn.«

»Ich habe Sie gefragt, ob Sie deutsch sprechen.«

»Ich habe nicht das Gefühl, daß wir uns auf *afrikanisch* unterhalten.«

»Ihre Papiere.«

»Kramer erwartet mich um zehn.«

»Papiere.«

Ich gab ihm meinen chilenischen Paß, den er angeekelt betrachtete. Als er endlich meinen Namen verstanden hatte, schaute er in einer Liste nach.

»Um zehn Uhr haben Sie einen Termin bei Herrn Kramer.«

»Was Sie nicht sagen. So eine Überraschung aber auch.«

»Sie finden sich wohl witzig?« sagte er, während er mich fixierte.

Ich hielt seinem Blick stand und sah die Regentropfen auf der Straße sich in seinen Augen widerspiegeln. Kramer war also in irgendeinem Büro in diesem Gebäude. Er hatte mir die Visitenkarte ohne Adresse gegeben in der sicheren Überzeugung, daß ich sie suchen würde. Der Typ in der Rezeption senkte den Blick und tat so, als suchte er etwas in seinem Schreibtisch. Er tat mir leid. Ein frustrierter Bauernsohn, unglücklich in der bescheidenen blauen Uniform der subalternen Angestellten. Was dieser Typ wirklich wollte, war eine von Dekorationen überquellende Uniform, die Ausdruck seiner Macht wäre, darüber zu entscheiden, wer in das Gebäude des Hanseatischen Lloyd eintreten durfte und wer nicht. Schließlich fing er an, meine Personaldaten zu notieren. Dazu blätterte er in meinem Paß mit einem Gestus, der von Widerwillen in Verwunderung überging.

Wie konnte dieses Heft mit so einem Wappen als Paß durchgehen? Wenn die beiden Viecher auf dem Wappen wenigstens ein Hahn oder eine aufrecht stehende Ratte gewesen wären statt des mächtigen Adlers mit seinen ausgebreiteten Schwingen. Sicher, ich brachte sein Weltbild ins Wanken. Vielleicht fragte er sich auch, wie jemand, der offensichtlich Ausländer war, ohne türkischen Paß durch die Weltgeschichte spazieren konnte.

»Warten Sie dort. Um fünf vor zehn werde ich Sie rufen und Ihnen eine Besucherkarte aushändigen«, bellte er und zeigte in eine Ecke der Vorhalle.

Ich machte es mir in einem Ledersessel bequem und zündete eine Zigarette an. Nach einem kurzen Blick auf den Tisch und den unvermeidlichen Gummibaum ging ich zum Portier zurück.

»Ich habe Sie angewiesen, dort hinten zu warten.«

»Immer mit der Ruhe, Fritz. Haben Sie einen Aschenbecher?«

»Rauchen ist hier verboten, und ich heiße nicht Fritz!«

»Dann haben wir gleich drei Probleme: Nummer eins, Sie heißen nicht Fritz, was ein durchaus ehrenwerter Name ist. Zwei, ich werde draußen rauchen müssen. Und drei, Sie müssen um fünf vor zehn nach draußen kommen, um mich zu rufen.«

Während ich am Eingang rauchte, fühlte ich mich erstaunlich ruhig. Kramer, egal was er war und was er machte, war zweifellos jemand, der über viel Macht verfügte, und doch fürchtete ich ihn nicht. Irgendwann mal muß man sich ausweglosen Situationen stellen. Kramer wußte von Verónica. Wissen ist Macht, sagt MacLuhan. Und diese Kombination, gekoppelt mit der Bereitschaft, Schaden zuzufügen, ist sicherlich furchteinflößend. Ich fürchtete für sie, aber ich selbst war ruhig wie ein Stilleben. Ich fühlte mich plötzlich wie die Hauptfigur in *Der Champion* von Ring Lardner, einem Boxer, der sich vor der Herausforderung sieht, einen Kampf unbedingt gewinnen zu müssen. Aber nicht für sich selbst, sondern für eine Legion von Wehrlosen, die von seinen Fäusten abhängig sind.

Als der Portier mich rief, indem er an die Scheibe der Glastür klopfte, trat ich die Kippe aus.

»Herr Kramer erwartet Sie. Büro fünfhundertfünf. Befestigen Sie die Besucherkarte an einer sichtbaren Stelle«, sagte er, als er mir eine rechteckige Plastikkarte gab, die ich in die Tasche steckte.

Während ich auf den Aufzug wartete, nahm ich eine Zigarette aus der Schachtel.

»Ich habe Ihnen doch gesagt, daß es verboten ist zu rauchen.«

»Ich rauche nicht.«

»Und tragen Sie die Besucherkarte sichtbar.«

»Dieses Sakko ist aus reinem englischen Flanell. Das dekoriere ich nicht gerne mit irgendwelchem Zeugs. Was würde Königin Elisabeth dazu sagen?«

»Die Vorschriften müssen eingehalten werden.«

»Einverstanden, Fritz«, sagte ich beim Betreten des Fahrstuhls.

Das Büro von Kramer war groß und kalt. An einer Wand hing eine Pinnwand aus Kork mit einigen mit Reißzwecken befestigten Zetteln. Auf dem Schreibtisch nichts weiter als ein schwarzes Telefon, noch mit Wählscheibe. Das Neonlicht verstärkte den Eindruck von Kälte. Mit einer Geste verwies er mich auf den einzigen freien Stuhl.

»Belmonte, Juan Belmonte. Warum haben sie dich so getauft? Meines Wissens machen sich die Chilenen nicht viel aus Stieren.«

»Mich interessieren sie auch nicht besonders. Darüber wollten Sie mit mir sprechen?«

»Nein. Um die Atmosphäre etwas zu entspannen, will ich zunächst mal klarstellen, daß ich sauber spielen werde, so sauber, wie es mir meine Interessen erlauben. Wie du weißt, heiße ich Oskar Kramer und bin Schweizer. Laut Arbeitsvertrag bin ich Leiter der Abteilung Ermittlungen in Übersee des Hanseatischen Lloyd. Früher war ich Polizist in Zürich, bis ein Waffenhändler anordnete, mir eine Portion Blei ins Rückgrat zu pumpen.«

»Traurige Geschichte. Was hat das mit mir zu tun?«

»Das wirst du schon erfahren. Alles zu seiner Zeit. Wir Schweizer sind bekannt für unsere Langsamkeit. Ich will allerdings versuchen, nicht allzu typisch zu sein, Juan Belmonte. Wie der große Torero. Meine Beziehungen zu den deutschen Behörden erweisen sich als sehr nützlich. Weißt du, daß deine Akte im BKA-Computer unter ›potentiell gefährliche Personen‹ gespeichert ist? Sie haben mir eine Kopie deines Lebenslaufs gegeben. Interessant, Belmonte. Sehr interessant. Guerillero in Bolivien während der Offensive der Nationalen Befreiungsarmee ELN in Teoponte. Stadtguerilla in Chile. Mehrere Banküberfälle oder: ›Enteignungen‹, um im revolutionären Jargon zu bleiben. Verschiedene terroristische Anschläge in den ersten Jahren des Widerstands gegen das Regime von General Pinochet. Ein anderes interessantes Detail: Militärdienst in der Spezialkommandoabteilung der chilenischen Armee. Zwei Aufenthalte in Kuba, Tourist in Angola und Mosambik. Guerillero in Nicaragua, Internationale Brigade Simón Bolívar. Später sandinistischer Comandante. Ein zu interessantes Leben für den Rausschmeißer eines Puffs, der zudem den Namen eines Toreros trägt. Soll ich weitermachen?«

»Nur zu, Big Brother. Sagen Sie mir, was Sie über Verónica wissen.«

»Fast nichts. Sie zu erwähnen war eigentlich nur ein Trick, vielleicht nicht ganz sauber. Wahrscheinlich sollte ich mich entschuldigen.«

»Sie sagten, Sie würden sauber spielen. Spucken Sie alles aus, was Sie über Verónica wissen.«

»Wie du willst. Ihre Akte ist dünn: Bis 1973 Mitglied der Sozialistischen Jugend. Im Oktober 1977 von Agenten des DINA-Geheimdienstes in Santiago verhaftet. Im Januar 1978 wurde sie für verschwunden erklärt, aber im Juli 1979 fanden ein paar Vagabunden sie auf einer Müllkippe im Süden der chilenischen Hauptstadt. Ein medizinisches Gutachten, das von der Kommission zur Verteidigung der Menschenrechte in Auftrag gegeben wurde, enthüllte, daß sie alle möglichen Arten der Folter durchgemacht hatte. Seit dem Tag ihrer Auffindung ist sie behindert. Ein anderes medizinisches Gutachten spricht von einer Art Schizophrenie, bekannt unter dem Fachbegriff Autismus. Es folgt dann ihre aktuelle Anschrift, Telefonnummer, und schließlich wird erwähnt, daß sie der einzige Kontakt ist, den du in Chile aufrechterhältst. Und es gibt Fotokopien von sämtlichen Briefen, die du ihr geschrieben hast. Das ist alles.«

»Sind die Schweine, die meine Briefe sammeln, gewöhnliche Bullen oder stammen sie aus höheren Gefilden?«

»Mit denen spiele ich auch sauber. Ich kann dir das nicht sagen, aber ...«

»Nur weiter. Bis jetzt haben Sie noch nicht gesagt, was Sie von mir wollen.«

»Aber ich kann diese beiden Akten vernichten und dir versichern, daß es keine Kopien gibt.«

»Sie bluffen. Sie wissen, daß Sie an Verónica nicht rankommen. Die Diktatur ist in Chile zu Ende, und selbst wenn, gegen sie lag nie etwas vor.«

»An sie direkt nicht, das stimmt. Aber was passiert, wenn ich erreiche, daß sie dich aus Deutschland ausweisen? Sie ist abhängig von dir. Von dem Geld, das du ihr schickst. Ich habe dich beobachten lassen, Belmonte. Du lebst sehr spartanisch. Du drehst dir sogar deine Zigaretten selbst. Und über Verónica habe ich erfahren, daß sie sonst niemanden hat außer dieser Frau, die sich um sie kümmert. Ana heißt sie, glaube ich. Bewundernswert, deine Treue für eine Frau, die du seit 1973 nicht gesehen hast. Es sei denn, ihr habt euch in der Zeit deiner Klandestinität in Chile getroffen. Bewundernswert.«

»Sie langweilen mich, Kramer. Nun sagen Sie verflucht noch mal schon, was Sie von mir wollen.«

»Alles zu seiner Zeit. Laß uns einen Spaziergang machen. Du schiebst den Rollstuhl, so daß ich die Batterie sparen kann. Unterdessen werde ich den Angelhaken auswerfen, an dessen Ende sich ein schönes Stück Köderfleisch befindet, an das du schon anbeißen wirst.«

Wir verließen das Gebäude. Der Portier verkniff sich das Lachen, als er mich in Begleitung von Kramer und dem ekelhaften Hund sah, der angesichts der Perspektive eines Spaziergangs Freudensprünge machte. Wir gingen zunächst am Elbufer entlang, und ich dachte darüber nach, daß es nur eines kleinen Stoßes bedürfte, um ihn in der Mischung aus Wasser und Dreck verschwinden zu lassen.

Der Spaziergang ging weiter bis nach Blankenese. Mit Blick auf die ein- oder auslaufenden Schiffe sprach Kramer von Vermögen, Kunstschätzen, Sammlungen von Gegenständen unschätzbaren Wertes, die vor, während und nach dem zweiten Weltkrieg verlorengegangen waren. Ich hörte ihm zu und kämpfte gleichzeitig mit der Versuchung, ihn ins Wasser zu stoßen. Der Hund schien telepathische Fähigkeiten zu besitzen, denn er beobachtete jeden meiner Schritte mit gefletschten Zähnen.

»Und die großen Verlierer in all diesen Geschichten von verlorengegangenen Vermögen waren nicht etwa ihre Besitzer, Belmonte, sondern die Versicherungsgesellschaften. Gleich nachdem der letzte Schuß gefallen war, im Jahre 1945, begann der Kalte Krieg, obwohl die Historiker behaupten, daß alles mit dem Bau der Mauer in Berlin angefangen habe. Das Jahr 1945, das Jahr der Teilung der europäischen Landkarte in die Farben rot und weiß, war für die Versicherer wie eine Guillotine, die die Fäden durchtrennte, die in vielen Fällen den Weg zu den verlorengegangenen Schätzen zeigten. Aber alle Versicherungsgesellschaften wußten, daß sich die Glieder der Kette früher oder später wieder zusammenfügen würden, die logische Kontinuität wiedergewonnen, die unweigerlich zur Lösung führen würde. Der Kreis würde sich wieder schließen.«

»Sie sprechen chinesisch für mich. Ich verstehe nur Bahnhof.«

»Einverstanden. Ich werde die Geschichte abkürzen: Mehr als vierzig Jahre lang wurden auf beiden Seiten Bruchstücke von Geschichten bewahrt, in der Gewißheit, daß die Besitzer auf der jeweils anderen Seite geduldig auf den geeigneten Moment warteten, um die Teile zusammenzufügen. Dieser Moment kam mit dem Zusammenbruch der sozialistischen Welt. Die Kreise begannen sich zu schließen, allerdings auf schwindelerregende Art und Weise, die sie in Spiralen zu verwandeln drohte.«

»Sie langweilen mich, Kramer. Sie haben versprochen, sauber zu spielen, und setzen mir nichts als Parabeln vor, die ich nicht verstehe. Es interessiert mich einen Scheißdreck, ob sich ihre verfluchten Kreise schließen oder offen bleiben. Und Ihr elender Hund soll aufhören, sich an meinen Beinen zu reiben. Baden Sie ihn nie?«

»Die Hygiene von Kanaille ist seine persönliche Angelegenheit. Schieb mich bis zu dem Café da. Ich habe noch nicht gefrühstückt.«

Das Café Elbblick war zu dieser Stunde leer. Wir setzten uns an einen Tisch am Fenster. Draußen fuhren die Schiffe vorbei. Bei vielen sah man die Mannschaft auf Deck, die das Schiff zum Ausmachen klarmachten. Ich war neidisch auf sie. Bald würden sie Cuxhaven erreichen und die Freiheit des offenen Meeres. Kramer bestellte zwei Kännchen Kaffee und Rührei. Dem Hund servierten sie eine Riesenbockwurst.

»Iß, Belmonte. Unterdessen werde ich dir noch eine Geschichte erzählen, damit du verstehst, warum ich dich brauche. Hör zu: Als der Fall der Berliner Mauer nur noch eine Frage der Zeit war, feierten die Deutschen im Ostteil schon im voraus. Während sie auf der Straße demonstrierten und ›Wir sind ein Volk‹ riefen, bereiteten sie ihre Gaumen auf den Geschmack von Coca-Cola vor. Alle außer einem Alten, den wir Otto nennen wollen. In ganz Südamerika erzählt man sich doch auch Witze über Herrn Otto, nicht wahr? Gut, unser Herr Otto, Ex-Mitglied der Hitler-SS und später Held der Arbeit in der DDR, wich den Festivitäten aus und pflanzte sich auf der anderen Seite des legendären Checkpoint Charlie auf wie ein Posten. Dort wartete er Tag und Nacht. Unbeweglich wie eine Schildwache aus längst vergangenen Zeiten. Verkrampft, die Lust zum Pinkeln unterdrückend, wartete er dort, bis der historische Moment gekommen war, und die Vopos den Journalisten ihre Uniformen und Orden verkauften. In diesem Moment war die DDR gestorben, und während die Berliner von beiden Seiten zusammenliefen, um sich zu umarmen und selbst noch mit Fingernägeln die Mauer niederzumachen, rannte unser Herr Otto zur erstbesten Telefonzelle, die er im Westen fand. Er wählte die Auskunft an, fragte nach der Nummer des Hanseatischen Lloyd, rief dann dort an und verlangte den Chef. Ich vermute, daß Herr Otto sich etwas frustriert fühlte, als er ein ›Rufen Sie morgen wieder an‹ zur Antwort erhielt. Denn ein Mann, der mehr als vierzig Jahre gewartet hat, um seine Karten auszuspielen, kann nicht länger warten. Herr Otto blieb hartnäckig.

Er sagte: ›Suchen Sie Ihren obersten Boß zu Hause oder wo auch immer, und sagen Sie ihm nichts weiter als: Kunsthalle Bremen, 1945. Er wird schon verstehen. In einer Stunde rufe ich wieder an.‹

Reine Wunderworte, Belmonte. Der Direktor des Hanseatischen Lloyd erschien um elf Uhr abends im Pyjama. In weniger als zwei Stunden konnte unser Herr Otto seinen Allerwertesten in die Polster einer Limousine fallenlassen, die ihn von Berlin nach Hamburg chauffierte, und um sechs Uhr morgens wurde er vom Direktor und einem bunt zusammengewürfelten Haufen von Historikern und Kunstsachverständigen mit allen Ehren empfangen. Etliche Angestellte des Hanseatischen Lloyd mußten in dieser Nacht ohne Schlaf auskommen. Nun zum Kern, Belmonte. Herr Otto nahm einen Kaffee und sagte: ›Sie suchen die Kunstsammlung, die in der Kunsthalle Bremen verlorengegangen ist. Ich weiß, wo sie ist. Lassen Sie uns über die Belohnung sprechen.‹ Falls du es nicht weißt, es handelt sich um eine phantastische Bildersammlung, deren Wert auf etwa 60 Millionen Dollar geschätzt wird. ›Unsere Ermittlungen deuten darauf hin, daß sie sich möglicherweise in Moskau befindet‹, sagte ein Historiker. Herr Otto fuhr unbewegt fort. ›Möglich. Aber nur ein Teil.‹ Dann gestand er, daß er am Verschwinden der Gemälde selbst beteiligt gewesen war. Nachdem das Thema der Belohnung geregelt war, wurde er gesprächiger. Ein bedeutender Teil der Sammlung lag in Asunción, in Paraguay, bewacht von einem Ex-Kameraden der Waffen-SS, dessen Identität und Aufenthaltsort in Israel Gold wert waren. Um seinen Worten Gewicht zu verleihen, zeigte Herr Otto ein paar Fotos, die trotz ihrer schlechten Qualität die Emotionen der Experten hochschlagen ließen.

Herr Otto begann, das Leben komplett in Rosa zu sehen. Von hochrangigen Lloyd-Vertretern und Kunstexperten begleitet, überflog er den Atlantik. Während des Fluges hat er angeblich über die Tugend der Geduld sinniert und darüber, was er mit der Belohnung anfangen würde. Bei der Landung in Asunción sind seine Träume dann aber bis in die finstersten Untiefen abgestürzt. Die paraguayischen Zeitungen berichteten über den tragischen Tod eines bedeutenden Mitglieds der in Asunción ansässigen deutschen Kolonie. Er hatte anscheinend einen Unfall in der Badewanne erlitten. Ein Fön, der unglücklicherweise noch unter Strom stand, war ins Wasser gefallen und hatte ihn in die andere Welt befördert. Unfall, du verstehst?«

»Ich hab so was mal in einem James-Bond-Film gesehen. Mit einem Ventilator. Was wurde aus den Bildern?«

»Niemand weiß, wo sie gegenwärtig sind. Vielleicht werden sie wieder auftauchen. Das wahrscheinlichste ist aber, daß sie im klimatisierten Keller eines arabischen Kunstsammlers enden werden.«

»Nun kommen Sie schon zu Ende mit dem Witz über Herrn Otto.«

»Ich glaube kaum, daß er das sehr komisch fand. Wir haben ihm den Rückflug bezahlt und ihn dann der Polizei übergeben. Schließlich war er 1945 Komplize eines Kunstraubs, der die Interessen des Lloyd berührte. Erkennst du die Moral von der Geschichte?«

»Und wenn Sie noch so früh aufstehen, es wird nicht früher hell. Sie sind einfach zu spät nach Paraguay gekommen. Aber ich verstehe immer noch nicht, weshalb Sie mir das alles erzählen und was Sie eigentlich von mir wollen.«

»Ich brauche deine Gerissenheit und deine Erfahrung. Um Nachforschungen anzustellen. Und um nicht zu spät nach Paraguay zu kommen oder wohin auch immer.«

»Sie sind verrückt. Was verstehe ich schon vom Nachforschen. Ich nehme mal an, daß eine Gesellschaft wie der Lloyd mit den besten Detektiven arbeitet. Und sagen Sie Ihrem Scheißhund, er soll meine Hose in Ruhe lassen.«

»Ich glaube, du gefällst ihm. Ja, du vermutest richtig. Für uns arbeiten die besten Detektive und Forscher. Aber es sind alles Experten, die in Bibliotheken und Laboratorien zu Hause sind. Sie stellen ihre Untersuchungen mit Computern an. In Wirklichkeit ist es nicht so schwierig, den Aufenthaltsort eines Kunstwerks oder eines wertvollen Gegenstands rauszukriegen. Es ist eine Frage der Geduld. Die wirklichen Schwierigkeiten beginnen mit dem dann einsetzenden Tauziehen, den Bestechungsgeldern, mit den Spielregeln, die das Gesetz von Angebot und Nachfrage bestimmt, das letztendlich auch entscheidet, ob ein Objekt in andere Hände übergeht oder nicht. Das alles ist schon zu normalen Zeiten so, Belmonte. Und wie du weißt, haben die

Zeiten sich rasend schnell verändert. Und auch die Spielregeln haben sich verändert. Heute muß man mit ganz wenigen Spuren auskommen. Man muß das Objekt aufspüren, bestimmte Angelegenheiten erledigen und zuschlagen. Mach nicht so ein Gesicht, ich komme jetzt zum Kern der Sache, die du wissen mußt. Du kannst dir nicht vorstellen, niemand kann sich vorstellen, was für eine Menge von Wertgegenständen wir in Südamerika zurückgewinnen konnten. In einem Zeitraum von mehr als 40 Jahren haben wir die Spielregeln für die Verhandlungen mit den von der Odessa-Connection geretteten Kameraden des Dritten Reichs festgeklopft. Eine mühselige und langwierige Arbeit von Bürokraten, die nur dadurch möglich wurde, daß wir über genügend Zeit verfügten. Aber jetzt, mit dem Fall der Grenzen, die die Bewohner der sozialistischen Welt bislang eingeschlossen hatten, hindert die Inhaber zahlreicher Geheimnisse nichts mehr daran, zum Aufbewahrungsort ihrer vermeintlichen Besitztümer zu fahren. Da die Mehrzahl dieser Geheimnisverwalter inzwischen alt geworden ist, gibt es in der Regel zwei Reaktionsweisen: Entweder sie verkaufen ihre Geheimnisse an den Meistbietenden, oder sie machen sich selbst auf den Weg. Und hier kommt dein Auftritt.«

»Ich verstehe immer noch nicht, was zum Teufel ich in Ihrer Geschichte zu suchen habe.«

»Denk beispielsweise an einen Typ wie Mengele. Von der ganzen Welt zur Fahndung ausgeschrieben und gesucht, lebte er trotzdem legal und glücklich zwischen Brasilien und Paraguay. Es gelang den Juden nicht, vor Gericht in Brasilien oder Paraguay nachzuweisen, daß dieser gutmütig aussehende und tausendmal fotografierte alte Mann jener Todesengel war. Sie versuchten dann, auf andere Art und Weise an ihn heranzukommen, so wie sie es in Buenos Aires mit Adolf Eichmann gemacht hatten. Ohne Erfolg. Sie brachten mehrere Kommandos auf den Weg mit dem Auftrag, ihn zu entführen oder zu eliminieren, aber alle scheiterten. Und weißt du warum? Sie hatten einfach keine Ahnung von der südamerikanischen Illegalität. Und genau das ist das Thema, das du beherrschst, Belmonte. Du verstehst was von der Kunst der Klandestinität. Ein südamerikanischer Ex-Guerillero ist nicht das romantische gescheiterte Subjekt, wie es die politischen Berichte der Sozialdemokratie weismachen wollen. Der Siegeszug des Kapitalismus hat bewirkt, daß sich seine Kenntnisse in exakte Wissenschaft verwandelt haben, die zu einem bestimmten Zeitpunkt benötigt werden wird. Was ich von dir will? Ganz einfach, deine Erfahrung.«

Der Invalide hörte auf zu sprechen und blickte mich mit einem selbstzufriedenen Gesichtsausdruck an. Und vor so einem Idioten hatte ich Angst gehabt? Was für ein Trampel!

Klar, daß so ein Typ wie Kramer, mit seinen lächerlichen Ideen über die Guerilla, von der politischen Polizei hochgehalten wurde. Das erklärt auch, warum sie die zur Fahndung ausgeschriebenen Mitglieder der RAF nicht erwischten.

»Erfahrung. Sie wissen nicht, wovon Sie reden. Ich verstehe nicht den kleinsten Schimmer. Ich leugne nicht, daß ich in ein paar Abenteuer verwickelt war, die aber alle gescheitert sind, Kramer. Sie scheiterten. Drehen Sie eine Runde durch Paris oder Berlin, und Sie werden auf Hunderte von Guerilleros im Ruhestand stoßen.«

»Sicher. Aber es ist nicht das gleiche, ob jemand im Urwald herumballert oder aber auf allen Terrains zu Hause ist. Wußtest du, daß die deutschen Antiterrorspezialisten den Anschlag auf Somoza als ein Glanzstück sehen? Sie haben ihn in allen Einzelheiten studiert. Es gelingt fünf

Männern, sich in das bestbewachte Land Südamerikas einzuschleichen, nach Paraguay, wo einer von vier Einwohnern Polizeispitzel ist. Sie bringen Waffen ins Land, bis hin zu Raketenwerfern, setzen auf Somoza an und liquidieren ihn. Und das waren keine Nicas, Belmonte. Sie waren aus dem Süden. Es waren Typen wie du. Lange habe ich nach einem Ex-Tupamaro gesucht, nach einem Ex-ERP, nach einem wie dir. Typen, die Sprachen lernen, Sabotagetechniken, Klandestinität, die Kunst, sich unsichtbar zu machen, die sich in der Welt bewegen und in jedem Land ein Netz von Kontakten zurückgelassen haben.«

»Sie sind verrückt, Kramer. Was Sie mir erzählen, ist reiner Romanstoff. Der Mann, den Sie brauchen, heißt Iván Illich Ramírez. Diese Information gebe ich Ihnen gratis.«

»Der legendäre ›Carlos‹. Denk nicht, daß ich nicht an ihn gedacht hätte. Als er aus dem Libanon rausgeworfen wurde, ist er mit seinem deutschen Harem nach Syrien gegangen. Großartige Huren, die Damen der Roten Armee Fraktion. Sie haben aus ihm eine Vogelscheuche gemacht. Laß uns zum Ende kommen. Du wirst für mich arbeiten. Nicht für den Lloyd. Für mich.«

»Nein. Weder für den Lloyd noch für Sie. Sonst noch was?«

»Ja, es gibt da noch was. Du solltest wissen, daß die Polizei einen anonymen Anruf erhalten hat, der sie zu einem Schmuggellager von Kokain führte. Während du in der Halle von Lloyd wartetest, haben sie deine Wohnung durchsucht. Es sieht schlecht aus, Belmonte, zumal sich dein Komplize, ein gewisser Valdivia, der Durchsuchung widersetzt hat. Schlechte Karten. Zweitausend Dollar hattest du im Postfach? Sind auch beschlagnahmt worden. Das ist normal in solchen Fällen. Verspann dich nicht so. Kanaille gefallen entspannte Typen besser.«

»Verdammter Hurensohn, Sie haben an alles gedacht.«

»Natürlich. Uns Schweizern gefallen nun mal keine halben Sachen. Das ist eine landestypische Macke. Und jetzt gehen wir hier raus und kehren langsam zurück. Die Polizei braucht Zeit, um einen Fehler zuzugeben.«

»Was habe ich zu tun?«

»Verreisen. Nach Chile. Du kehrst zu deiner Scholle zurück, Belmonte. Und versuch nicht zu desertieren. Du weißt ja, daß die Auslieferungsmechanismen zwischen deinem Land und Deutschland wunderbar funktionieren.«

»Im Moment haben Sie Oberwasser. Aber Sie werden dafür bezahlen, Kramer. Ich weiß noch nicht wie, aber am Ende werden Sie mir dafür büßen.«

»Hast du *Casablanca* gesehen? Am Ende des Films sagt der französische Polizist zu Rick: ›Ich glaube, das ist der Beginn einer wunderbaren Freundschaft.‹«

6

BERLIN: ARBEITSESSEN

Am Alexanderplatz stiegen Galinsky und der Major in ein Taxi. Ein dichter Vorhang aus Schneeregen ließ das Fahrzeug nur langsam in Richtung Westteil der Stadt vorwärtskommen. Das Taxi hielt vor dem *Candy*, einem der exquisiten Restaurants in Charlottenburg. Als sie es betraten, kam ihnen der Maître d'hotel entgegen und begrüßte sie.

»Guten Abend, Herr Direktor. Den Aperitif wie immer?«

»Ja, natürlich. Mach es dir bequem, Galinsky. Hier servieren sie die besten Martinis von ganz Berlin.«

Galinsky stimmte mit einer Kopfbewegung zu. Er wartete, bis der Maître d'hotel sich entfernt hatte und fragte:

»Sind Sie Stammgast hier?«

»Ich pflege hier ab und an zu Abend zu essen. Und das mit dem Direktor hat auch seine Richtigkeit. Ich bin Mitglied im Vorstand einer Immobilienfirma, deren Büros hier ganz in der Nähe sind.«

Ein Kellner brachte die Martinis. Sie tranken. Der Major bot Zigaretten an.

»Wie fühlst du dich, Galinsky?«

»Jetzt besser. Bis gestern hab ich die ganze Zeit an einen Militärpsychologen denken müssen, der mal davon sprach, die Lähmung des Willens sei ein Symptom von Kampfmüdigkeit. Ich hab mich gefühlt wie jemand mit einer Willenslähmung, der keine Schlacht mehr antreten kann. Merkwürdig, nicht wahr?«

»Hattest du Pläne?«

»Überhaupt keine. Immer wenn ich anfing nachzudenken, fühlte ich mich von den Umständen förmlich erdrückt. Das höchste, was ich in der Zeit machte, war, eine von diesen Söldner-Zeitschriften zu kaufen, aber ich habe sie dann noch nicht mal aufgeschlagen. Ich kann's nicht bestreiten, ich habe immer noch Angst vor dem Ergebnis der Untersuchungen. Es ist unerträglich, in der Warteschleife zu sein.«

»Du hast keinen Grund, dich zu fürchten. Wir Geheimdienstoffiziere sind unantastbar. Da hängt zu viel Scheiße dran, die viele beschmutzen könnte. Deshalb kommt niemand auf die Idee, sie aufzurühren. Die einzig Angeschissenen sind die Zivilen, die Stasi-Spitzel, die armen Teufel, die ihre Nachbarn verkauft haben. Diese Hexenjagd wird noch lange dauern, aber uns werden sie nichts anhaben.«

»Ihr Optimismus gefällt mir, Major.«

»Ich weiß, wovon ich rede. An deiner Vergangenheit ist nichts Verwerfliches, Galinsky. Gut, du warst auf Kuba, um nicaraguanische Taucher im Entschärfen von Unterwasserbomben zu unterrichten. Na und? Die UNO hat die Nordamerikaner wegen des Verminens der Häfen verurteilt. Du hast also eine humanitäre Aufgabe erfüllt, und niemand wird dich dafür verurteilen. Als du in Angola warst, hast du die Milizionäre ausgebildet, die später die Anlagen von Shell bewachten. Und in Mosambik hast du geholfen, das ausgedehnte Schienennetz und den Flughafen von Maputo zu schützen. Was ist rechtlich angreifbar an all diesen Aktivitäten? Vorher hattest du Chilenen und Bolivianer im Gebrauch von Sprengstoffen unterrichtet. Ja und? Sie kamen aus Ländern, in denen der Bergbau eine große Rolle spielt, und sind dir als Arbeiter auf Fortbildungskurs vorgestellt worden. Was du getan hast, nennt man Entwicklungshilfe. Du warst Soldat, und dein ganzes Handeln basierte auf Gesetzen, die du nur getreulich befolgt hast.«

Sie aßen üppig. Der Major wählte mit viel Sachverstand die Weine aus und wiederholte dann beim Nachtisch, bei einem exzellenten Kognak, es gebe keinerlei Grund, Strafen oder Repressalien zu fürchten.

»Natürlich muß es jemanden geben, der für alles büßen muß. Und dieser jemand wird ein seniler Alter sein, der im Moment gerade dabei ist, seine Koffer zu packen. Sie werden ihn nach Chile ausreisen lassen, wo er dann sterben wird. Im Exil. Das ist das tragische Ende, so wie es die deutsche Dramaturgie verlangt. Trink, Galinsky. Auf die Gesundheit unseres Generalsekretärs, des Genossen Vorsitzenden und letzten proletarischen Staatschefs. Der arme Alte war ein solcher Kretin, daß er am Ende tatsächlich an die Ehrenbezeugungen geglaubt hat, die er selbst angeordnet hatte, ebenso wie an seine selbst erfundenen Statistiken und Produktionsbilanzen. Trink, Galinsky. Weißt du, was diese Flasche Kognak kostet? Dasselbe, was du und ich früher in einem Jahr verdient haben. Aber diese Zeiten sind vorbei. Diese lausigen Zeiten sind nur noch lästige Geschichte. Heute sind andere Zeiten angesagt, und sie arbeiten für uns.«

»Könnte ich das alles nur genau so sehen. Gibt's dafür ein Rezept?«

»Ja, es gibt eins, und es fängt damit an, sich ein einziges gültiges Ziel zu setzen, nämlich reich zu werden. Je reicher, desto besser. Reichtum ist Balsam, Armut dagegen ist obszön. Denk mal zurück, Galinsky: Als die Mauer fiel, glaubten wir, die Westdeutschen, die Wessis, würden mit Barmherzigkeit und Mitleid auf unsere Armut reagieren. Aber was geschah in Wirklichkeit? Sie betrachteten sie mit Ekel und Abscheu. Die offizielle Sprachregelung ordnete an, wir seien alle gleich. Dabei wissen wir alle, daß das nicht stimmt. Wenn einer von uns, ein eingerosteter Ossi, seinen Arm bewegt, um auf seiner russischen Scheißuhr zu sehen, wie spät es ist, merkt er, daß die Zeit ihm übel mitgespielt hat. Daß sie für ihn im Sturzflug vergeht. Daß sie sich in einer Geschwindigkeit verflüchtigt, mit der er unmöglich mithalten kann. Wenn dagegen ein Wessi seine brillantenbesetzte Rolex konsultiert, stellt er fest, daß die Zeit ihm gehört und er sie beherrscht. Man muß sich dafür entscheiden, reich zu werden, Galinsky. Und Männer wie du und ich haben die besten Voraussetzungen, das zu erreichen. Wir waren Kommunisten, deshalb sind uns die Regeln das Kapitalismus vertraut. Und wir waren Militärs, d.h. Individuen, die darauf trainiert sind, Niederlagen zu überwinden.«

»Entschuldigen Sie, Major, aber ich versteh' das nicht.«

»Ganz einfach: Was treibt einen Militär an?«

»Alles, was mir dazu einfällt, klingt idiotisch.«

»Vielleicht ist es so. Du bist noch jung, Galinsky. Man hat dich immer für einen aufrechten Offizier gehalten, weil du an alle Märchen geglaubt hast. Aber ich bin alt und kann dir die Wahrheit sagen: Der Daseinsgrund eines jeden Militärs ist einzig und allein die Kriegsbeute.«

Sie tranken noch einen von diesem köstlichen Kognak und machten sich dann zu Fuß auf den Weg durch Charlottenburg. Galinsky verspürte einen leichten Nachgeschmack von schlechter Laune, der sich anschickte, ihm das phantastische Abendessen zu ruinieren. War das alles, weshalb er ihn herbestellt hatte? Um in einer merkwürdigen Ausdrucksweise über Moralregeln zu philosophieren? Um ihm zu zeigen, daß er auf die Seite der Triumphierenden gehörte, freilich ohne sich über das Wie im einzelnen auszulassen? Sie blieben schließlich vor dem vergitterten Tor einer privaten Tiefgarage stehen.

»Sesam öffne dich«, sagte der Major und steckte eine Magnetkarte in den Schlitz des automatischen Türöffners. Sie gingen an zwei Reihen von Autos entlang, bis sie zu einem Mercedes Cabrio kamen. Der Major betätigte eine Fernbedienung und entsicherte die Türen.

»Gefällt er dir? Ist mein Lieblingsspielzeug.«

»Er gehört Ihnen?«

»Tu mir den Gefallen und fahr du. Ich bin ein bißchen müde.«

Sie verließen die Garage. Galinsky konnte es nicht fassen. Er fuhr ein Auto wie im Film. Einen Mercedes Cabriolet. Die Instrumente im Armaturenbrett leuchteten, und die Lichter der Stadt reflektierten auf der glänzenden Motorhaube.

Den Anweisungen des Majors folgend fuhr er Richtung Ostteil der Stadt, wo die Straßen nur schwach beleuchtet waren, flankiert von grauen, flachen Gebäuden – Ebenbilder des Sozialismus, den sie repräsentierten.

»Nimm die Straße *Unter den Linden.* Wie würdest du das auf spanisch übersetzen?«

»Bajo los Tilos. Avenida Bajo los Tilos. Wohin fahren wir, Major?«

»Bist du gut in Form, Galinsky?«

»In welcher Hinsicht, Major?«

»In der besten. Ich habe einen Auftrag für dich.«

»Sie geben die Befehle. Ich hab Ihnen das gestern schon gesagt.«

»Wie in alten Zeiten. Nur mit dem Unterschied, daß dich dieses Mal nach Erfüllung keine Blechmedaille erwartet. Eine viertel Million DM erwartet dich.«

»Ich habe mich noch nie in meinem Leben besser gefühlt. Zu Befehl, Major.«

»Ausgezeichnet. Fahr hier weiter *Unter den Linden* entlang. Wir statten den Nutten einen Besuch ab.«

Die Linden, die der Allee den Namen gaben, waren so welk wie die umliegenden Gebäude. Als sie am Mausoleum für die Opfer des Militarismus und Faschismus vorbeifuhren, ließ der Major eine Schimpfkanonade los.

»Alles verkaufen sie, Galinsky. Wie oft durftest du Ehrenwache stehen am Mausoleum? Frostbeulen, die wir uns für das Vaterland holten. Nicht mehr lange, und sie werden auch das verkaufen. Bestimmt machen sie dort eine Hamburger-Snack-Bar auf. Dann könnten sie die ewige Flamme zum Frittieren benutzen.«

Sie parkten in der Nähe vom Platz der Akademie. Galinsky schaute auf die triste Beleuchtung des Hotels Charlottenhof. Der Major fing wieder an zu lachen.

»Der alte Charlottenhof. Das erinnert dich bestimmt an damals, als du die Lateinamerikaner abgeholt hast, um sie zur Basis nach Cottbus zu bringen. Der neue Besitzer dieses Hotels wird das reinste Vermögen an Kabeln und Mikrofonen erworben haben. Die Stasi hat Mikrofone für jeden Eingeladenen installiert, weitere haben wir eingebaut, wie auch der KGB, die CIA, die Araber, die Kubaner und die Angolaner. Hier gibt's mehr Mikrofone als Ziegelsteine. Ich kenne einen Briten, der gerade die käfigartigen Fahrstuhlkörbe gekauft hat.«

Galinsky fiel in das Lachen des Majors ein. Er lachte, dennoch stieg die Erinnerung an einen bestimmten Morgen des Jahres 1980 in ihm auf.

An jenem Morgen war er zum Hotel gekommen, um mit einer Nicaraguanerin zu sprechen. Die Frau war mit einer Abordnung von Kindern in die DDR gekommen, die nicht spielen konnten. Nicht, weil ihnen die Lust dazu fehlten. Ihnen fehlten die Hände. Kurz vor dem Sieg der Sandinisten hatte die Leibgarde von Anastasio Somoza zwanzig Kindern die Hände abgeschnitten, weil sie während des Aufstands von Masaya mit Steinen geworfen hatten. Zwölf von ihnen überlebten und kamen nach Ostberlin, wo sie die Prothesen erhalten sollten, die es ihnen wieder möglich machen sollten, zu spielen. Die Jungen begrüßten ihn, indem sie die rechten Armstümpfe wie in einer Horrorparodie zum proletarischen Gruß erhoben. Galinsky schluckte und sagte nichts. Über dieses Thema zu sprechen hätte bedeutet, einen Eimer Schmutzwasser über diese schöne Nacht zu giessen, die die Zeit der Verheißung einläuten sollte.

Sie stemmten sich gegen ein breites, uraltes Tor, das zu einem typischen Berliner Hauseingang führte. Seitlich die Treppenaufgänge zum rechten und linken Hausflügel. Daneben die Reihen der Briefkästen und Stromzähler. Sie gingen vor bis zur nächsten Tür, die zum Innenhof führte. Galinsky kannte diesen Typ Häuser nur zu gut und erwartete, daß sie im Innenhof auf Häuserblöcke mit abbröckelnder Fassade stoßen würden, auf lebensgefährlich anmutende Balkons, und, hinter einem spärlich beleuchteten Fenster, auf die Silhouette eines alten Mannes, der ein Buch las oder seine Postkartensammlung anschaute.

Zu Galinskys Überraschung war der Innenhof des Gebäudes jedoch von einem Gerüst mit Werbetafeln westlicher Baufirmen halb verdeckt. Der gesamte erste Stock war erleuchtet. Der Eingang roch nach frischer Farbe, und aus der Wechselsprechanlage begrüßte sie eine Stimme.

»Guten Abend. Sie wünschen?«

»Etwas zu trinken, aber in guter Begleitung«, antwortete der Major.

Ein muskulöses Subjekt empfing sie am Eingang zum ersten Stock. Es erkannte den Major und entschuldigte sich für den penetranten Geruch nach Farbe. Dann geleitete es sie in einen großen Raum. Dort am Tresen unterhielten sich Frauen mit ein paar Kunden. Sie bestellten zwei Gin.

»Von allen Bordellen, die in der letzten Zeit aufgemacht worden sind, ist das hier das beste. Vergnüg dich, Galinsky. Wir brauchen auf die von drüben nicht länger neidisch zu sein. Der Besitzer ist ein Typ aus München, der ein Vermögen in die Renovierung des Gebäudes gesteckt hat. Wie gefallen dir die Mädchen? Für jeden Geschmack ist was da. Guck. Mit der Mulattin da kannst du Spanisch üben. Sie ist Kubanerin. Aber wohin ist meine Geisha verschwunden?«

Um drei Uhr morgens bedeckte eine dichte Schneedecke die Straßen von Berlin. Galinsky ging zu einem Fenster, um es zu öffnen und die kalte, aber belebende Brise Frischluft zu spüren. Seit zwei Stunden studierte er jetzt die Papiere, die der Major ihm gegeben hatte.

»Müde, Galinsky?« fragte der von der anderen Seite des Schreibtisches aus.

»Nein, Major. Beeindruckt von der Geschichte.«

»Gut. Du hast zwei Tage, um die Reise zu organisieren.«

»Chile. In diesem Land war ich noch nie.«

»Es soll nicht viel anders sein als Kuba. Deine Rückkehr feiern wir dann im selben Bordell. Aber dann bist du dran, mich einzuladen.«

»Es wird mir ein Vergnügen sein, Major. Wirklich ein Vergnügen«, sagte Galinsky, während er den Katalog des Züricher Münzmuseums auf den Schreibtisch legte.

7

HAMBURG: ZEIT ZUM NACHDENKEN

Ich trennte mich am Eingang des Hanseatischen Lloyds von Kramer und irrte zunächst ziellos durch die Gegend. Erst hatte ich überlegt, zu Zelmas Imbiß zu gehen. Dann wollte ich zum *Regina*, um das Geld zu holen, das sie mir noch schuldeten. Aber schließlich gab das Gefühl der Hilflosigkeit den Ausschlag, das Bedürfnis nach den vier schützenden Wänden, und ich sah mich auf der Suche nach meiner Schutzhöhle die Treppe hochsteigen.

Der Nachbar vom Stockwerk unter mir muß stundenlang mit seinem Auge am Türspion gehangen haben – oder wie immer man diese fürchterlichen Überwachungsöffnungen in den Türen auch nennen mag. Er wartete, bis ich auf dem Treppenabsatz war, und öffnete dann seine Tür.

»Hören Sie. Wir möchten Ihnen sagen, daß dies ein anständiges Haus ist«, spuckte es aus ihm heraus.

»Wir? Wo sind denn die übrigen Chormitglieder?«

»Wir haben es mit den Nachbarn besprochen. Heute morgen hat die Polizei Ihre Wohnung durchsucht. Wir haben eine Unterschriftensammlung gemacht, daß Ihnen gekündigt werden soll.«

»Danke für den Hinweis. Ich mag so freundliche Leute.«

»Warum verschwinden Sie nicht einfach in die Türkei?«

»Weil ich keine Lust dazu habe. Und weil es mir gefällt, von Arschlöchern wie dir umgeben zu sein. Du verstehen?«

Bei den letzten Worten lief ich ein paar Treppenstufen hoch, woraufhin der Typ die Tür zumachte.

Die Wohnung sah aus, als ob ein Hurrikan hindurchgefegt wäre. Alle Bücher waren auf dem Boden verstreut, die Sofakissen mit einem Messer aufgeschlitzt, und vom Bett war auch nicht gerade viel übriggeblieben. Im Waschbecken blubberte eine Masse aus Zahnpasta, Shampoo und Kölnisch Wasser ihre Unfähigkeit abzufließen vor sich hin. In der Küche beleuchtete der geöffnete Kühlschrank eine Landschaft aus Reis, Tütensuppen und Nudeln, alles sinnigerweise platt getreten. Auf dem Fußboden des Wohnzimmers entdeckte ich meinen Gast, den Elektroheizer von Pedro de Vadivia, der mir seine gekappten Kabel entgegenstreckte. Die Bullen hatten ganze Arbeit geleistet.

Ich räumte die aufgeschlitzten Kissen weg und warf mich auf die Sprungfedern des Sofas. Es war kalt, die gleiche Temperatur wie draußen. Offensichtlich war ich weiterhin ohne Heizung. Ich dachte an den Zwerg mit seiner Pudelmütze. Als ich den Auftrag von Kramer annahm, hatte er mir versichert, Pedro de Valdivia würde ohne Auflagen freigelassen werden. Allerdings sah ich nun, daß ich ihm mehr schuldete als bloß eine Bitte um Verzeihung.

»Morgen erhältst du die Tickets, die letzten Anweisungen und einen Vorschuß auf die Spesen«, hatte Kramer gesagt, als wir uns trennten.

»Und die Möglichkeit, falsch zu spielen und Sie reinzulegen?«

»Das wirst du nicht tun. Auch wenn du's jetzt nicht akzeptieren kannst – mit der Zeit wirst du entdecken, daß ich dir den besten nur möglichen Vertrag angeboten habe. Du wirst gewinnen, Belmonte. Und zum ersten Mal wirst du echten Nutzen von einem deiner Abenteuer haben.«

»Was verstehen Sie denn schon von Gewinnen und Verlieren!«

»Mehr als du glaubst. Und vergiß nicht: Du arbeitest für mich. Exklusiv!«

Ich würde nach Chile zurückkehren. Bei diesem Gedanken erfüllte mich Angst. Und nicht etwa, weil das Land mir nicht mehr gefiel oder weil es in meinen Neuronen keinen Platz mehr besetzte. Ich fürchtete mich vor der Rückkehr, weil ich immer immun gegen jegliche Amnesie gewesen bin. Insbesondere gegen die Amnesien, die aus Staatsräson, wegen politischer Pakte, aufgrund zum Himmel stinkender Verordnungen erlassen wurden.

Was erwartete mich in Chile? Eine ungemeine Angst. Die Unsicherheit, nicht zu wissen, wie mein Magen reagieren würde – um dem Ort, der unsere Seele beherbergt, irgendeinen Namen zu geben.

Und außerdem bist da du, Verónica, meine Liebe, eingeschlossen in dein Schweigen, dem ich nicht näher kommen will, weil ich weiß, daß du mich nicht eintreten lassen würdest.

Aus der Reptilienposition, in der ich mich befand, sah ich plötzlich die mißhandelte Ausgabe des Buches *Reise ans Ende der Nacht*. In diesem Buch hatte ich den einzigen

Brief aufbewahrt, der es geschafft hatte, mich den ganzen Schmerz erleiden zu lassen, der in einer guten Nachricht verborgen sein kann. Ich machte mich daran, zwischen den Seiten zu suchen.

Da lag er noch immer, vierfach zusammengefaltet, so als würde er ebenfalls frieren.

»Santiago de Chile, den 3. September 1982
Señor Juan Belmonte,
Sie kennen mich nicht. Ich heiße Ana Lagos de Sánchez und bin die Ehefrau eines verschwundenen Gefangenen. Meinen Ehemann, Angel Sánchez, haben sie am 22. Mai 1974 um 10 Uhr morgens verhaftet, als er das Haus verließ. Er wollte in einem Eisenwarengeschäft Material kaufen. Er war Klempner und 40 Jahre alt. Mehrere Personen haben gesehen, wie sie ihn in einem Auto ohne Nummernschild abtransportierten. Und seitdem habe ich nie wieder etwas von ihm gehört. Angel war Mitglied der Kommunistischen Partei. Und ich bin es immer noch. Auf der Suche nach meinem Ehemann begann ich, im Komitee der Familienangehörigen der Verschwundenen mitzuarbeiten. Wie Sie wissen, haben wir geheime Massengräber lokalisieren können. Und ein paar Mal, leider nur in sehr wenigen Fällen, haben wir einige, meist Kinder, lebendig wiedergefunden.
Eine unserer Suchmethoden besteht darin, frühmorgens, gleich nach Aufhebung der Ausgangssperre, das Haus zu verlassen, um die Müllkippen und anderes Ödland in der Umgebung von Santiago abzusuchen. Ich möchte Sie nicht erschüttern, aber ich glaube, wir haben Ihre Lebensgefährtin gefunden. Lebendig.
Am 19. Juli 1979 tauchte eine junge Frau auf der Müllkippe von San Bernardo auf. Man hatte uns Bescheid gegeben, und wir gingen sofort hin. Was jetzt folgt, ist sehr hart,

Juan. Aber ich weiß, daß Sie ein tapferer Mann sind. Wie Sie wissen, wurde sie im Oktober 1977 verhaftet. Sie waren zu diesem Zeitpunkt nicht in Chile.
Der Vater Ihrer Gefährtin, der Witwer war, setzte alles daran, sie zu finden, bis ihn die Kräfte verließen. Don Andrés Tapia verstarb im September 1978, nachdem er erreicht hatte, daß die chilenische Justiz Verónica Tapia Márquez für verschwunden erklärte. Unser Komitee besitzt Fotos von fast allen Verschwundenen, und dank eines dieser Fotos konnten wir sie identifizieren.
Physisch gesehen geht es ihr gut, Juan. Aber psychisch haben sie sie zerstört. Sie spricht nicht. Seit ihrem Auffinden haben wir es nicht geschafft, daß sie auch nur ein einziges Wort spricht. Wer weiß, welche Schrecken sie erlitten und gesehen hat, als sie den Militärs ausgeliefert war.
Nachdem wir sie identifiziert hatten, begannen wir, ihre Familie zu suchen. Aber, wie Sie wissen, hatte Verónica außer ihrem Vater keine weiteren Familienangehörigen. Sie lebt jetzt bei mir. Um uns gegenseitig zu schützen, gebe ich sie als meine Nichte aus. Seit drei Jahren lebt sie jetzt in meiner Wohnung. Und obwohl sie nicht spricht und die ganze Zeit über in sich verschlossen bleibt, liebe ich sie inzwischen wie meine eigene Tochter.
Und jetzt sind wir endlich auf Sie gestoßen. Vor ein paar Wochen, als wir auf dem Rückweg von einem Arztbesuch bei einem Freund, der Verónica betreut, auf den Bus nach Hause warteten, kam ein Mann auf uns zu, der sie erkannt hatte.
Sie kam nicht aus ihrer Schweigehülle heraus, so daß ich den Unbekannten fragte, ob er ein Freund von Verónica sei und ob er uns helfen könne, andere Personen zu finden, die sie von früher kannten. Der Mann hatte Angst. Das war klar. Es gibt so viele Feiglinge in diesem Land. Ich ließ aber

nicht nach, und dann sprach er hastig von Ihnen und daß Sie im Exil seien.
Den Rest erledigte dann die Informationssuche im Komitee der Familienangehörigen der Verschwundenen. Da Leid verbindet, haben wir glücklicherweise Kontakt zu den *Madres de la Plaza de Mayo*. Und von ihnen erfuhren wir schließlich Ihre Adresse.
Ich weiß, daß Sie nicht nach Chile zurückkehren können und dürfen, solange die Diktatur anhält. Aber ich möchte, daß Sie wissen, daß Verónica gut aufgehoben ist. Und daß es ihr, auch wenn sie – gefangen vielleicht in den erlittenen Qualen – nicht weiß, wo sie sich befindet, weder an Zärtlichkeit noch an Solidarität von seiten der Besiegten mangelt, die weiterhin an die Liebe glauben.
Ich füge meine Anschrift und Telefonnummer bei.
Ich umarme Sie in diesem so schweren Augenblick und möchte Sie bitten, daraus die Freude mitzunehmen, sie lebendig zu wissen.

Ihre Freundin
Ana Lagos de Sánchez«

So kehrte Verónica zurück, so kehrtest du zurück, Liebste. Auf Fotos, die mir die gute Señora Ana schickte. Noch dasselbe Kindergesicht, aber von der Abwesenheit gezeichnet, die deine Augen ausdrückten. Das lange Haar mit den grauen Strähnen, über das ich schon so oft mit den Fingern gestrichen habe, daß das Bild inzwischen fast ausradiert ist. Wieder und wieder habe ich es als mein Schicksal akzeptiert, nur noch für dich, für dein Wohlbefinden zu leben, und darauf verzichtet, mich an den Kämpfen zu beteiligen, für die man aus dem salvadorenischen und guatemaltekischen Urwald um mich warb. Nur für dich zu leben, damit es dir an nichts mangelt, Verónica, meine Liebe. Jede Arbeit anzunehmen, wie unwürdig sie auch sein mochte. Und ich schämte mich dafür, daß ich am selben 19. Juli 1979 in Managua vor Freude gelacht hatte, an dem Tag, als du auf einer Müllhalde in Santiago wiederauferstanden bist. Wie ich diese Hände gehaßt habe, die sich an jenem Tag in den schwarzroten Himmel des sandinistischen Sieges streckten. Wie ich mich danach sehnte, sofort zurückzukehren, und wie ich mich verachtete, als mir klar wurde, daß ich nicht deinetwegen hatte zurückkehren wollen, zu der Abwesenden, die du bist, sondern um deinen Tod zu rächen, dem du entflohen bist.

Und jetzt kehre ich zurück, Verónica, Liebste, und ich habe Angst, große Angst, denn der Durst nach Rache lenkt jeden meiner Gedanken.

Jemand klingelte an meiner Tür. Ich ballte die Fäuste. Sollte das einer meiner Nachbarn sein, der mir Ratschläge geben wollte, dann würde ich ihn die Treppe hinunterjagen und sie mit seinen Zähnen pflastern.

Aus seinem noch offenen Auge sah mich Pedro de Valdivia an. Das andere war dick angeschwollen und mit einem violetten Veilchen verziert.

»Die Bullen haben diese Schweinerei veranstaltet, Chef. Haben alles kurz und klein gehauen.«

»Ja. Hab ich gemerkt. Komm rein.«

»Ich habe ihnen gesagt, daß Sie nicht zu Hause sind, aber sie glaubten mir nicht.«

»So sind die Bullen. Ungläubige. Wer hat dir das Auge zugemacht?«

»Das waren nicht die. Sie haben mich zu einem betrunkenen Norweger in die Zelle gesperrt, der unbedingt wollte, daß ich einen Regentanz tanze. Aber er hat auch sein Teil abgekriegt, Chef. Ich hab ihm einen Kopfstoß versetzt, der ihn ein paar Tage wird schlafen lassen.«

Der Zwerg betrachtete kopfschüttelnd die Zerstörungen. Als er den demolierten Radiator sah, verwandelte sich sein Gesichtsausdruck in den eines jähzornigen Polyphem.

»Diese Schweinehunde! Verfluchte Drecksäcke! Sie haben den Heizofen kaputtgemacht.«

»Kein Problem. Ich werd ihn bezahlen.«

»Deshalb sag ich das doch nicht, Chef. Aber jetzt haben hier im Haus alle Heizung außer Ihnen«, sagte er und begann, die Bücher und anderen Gegenstände vom Boden aufzulesen.

Während Pedro de Valdivia sich der Aufgabe widmete, nach einer Polizeiattacke die Welt zu reorganisieren, ging ich in die Küche, um nachzusehen, ob die Ordnungskräfte vielleicht irgendeine Flasche verschont hatten. Ich hatte Glück. Eine Flasche Tequila *Cuervo*, die sie auf einen Haufen mit Reinigungsmitteln geworfen hatten, hatte überlebt.

»Hör auf damit. Laß uns einen Schluck trinken.«

»Pisco? Ich kann schnell runtergehen und Zitronen kaufen. Ich mache Ihnen dann einen Pisco-sauer.«

»Es ist Tequila. Ein Getränk für Männer. Prost.«

»Sehr gut, der mexikanische Pisco«, sagte der Zwerg und zwinkerte mit seinem heilen Auge.

Zwei Stunden später hatte Pedro de Valdivia die Wohnung so sauber aufgeräumt, als wäre eine ganze Bande von Hausfrauen hindurchgefegt. Ich half ihm ohne großen Enthusiasmus. Es gefiel mir, daß er in meiner Nähe war. Der letzte Schaumgummikrümel der aufgeschlitzten Sofakissen verschwand zusammen mit dem letzten Schluck Tequila.

»Ich komme morgen mit Nadel und Faden vorbei, Chef. Dann sind die Kissen wieder wie neu.«

»Fragst du gar nicht, was die Bullen wollten?«

»Die Bullen wollen immer das Schlechteste.«

»Ich bin schuld, daß sie dich eingesperrt haben.«

»Ein paar Stunden. Was kann das Wasser einem Fisch schon anhaben? Mich wundert nur, daß sie mich rausgelassen haben, nachdem ich dem Norweger die Fresse poliert habe.«

»Weißt du was, Pedro de Valdivia? Wir gehen was essen bei ein paar türkischen Freunden.«

»Phantastisch, Chef. Gibt es was zu feiern?«

»Warum nicht? Wir feiern meine Rückkehr nach Chile.«

Auf dem Weg zu Zelmas Imbiß fing es an zu schneien. Der Zwerg zog sich seine Wollmütze bis zum Hals hinunter und drehte jede Sekunde den Kopf, um mich anzuschauen. Der Glanz in seinem gesunden Auge schien zu verkünden, daß wir uns auf etwas Großes einließen, auf eins von diesen Unternehmen, dessen Widrigkeiten ohne die Anwesenheit eines guten Freundes unerträglich wäre.

ZWISCHENSPIEL

»Ich verließ meinen Geburtsort Tanger am 13. Juni 1325 (gemäß der christlichen Zeitrechnung) im Alter von 21 Jahren. Als Rechtfertigung für meine Entscheidung dienten mir die Argumente des Pilgerns. So ließ ich also meine Eltern, meine Geschwister, meine Frauen, meine Kinder, meine Freunde und alle meine Güter zurück. Ich machte mich mit der gleichen feierlichen Ruhe auf den Weg wie ein Vogel, der sein Nest verläßt. Einzig und allein der Allergrößte, der Gnädige, der Hochwürdige der 99 Tugenden kannte die Richtung der Winde, die mich auf den Weg brachten ...«

(Mit diesen Worten beginnt die Erzählung von Scheich Abu Abdallati Muhammad Ibn Abdallah Ibn Muhammad Ibn Ibrahim Al Klawatti, der auf den 120 000 Kilometern, über die sich seine Pflanzungen erstreckten, als Ibn Batutta bekannt war.)

»... Während meiner Reisen, die noch nicht zu Ende sind – allein der Unergründliche weiß, was ich suche und ob ich es jemals finden werde – lernte ich drei Klassen von Reisenden kennen: Zuerst sind da die frommen Pilger. Der Großherzige möge ihnen beistehen! Dann kommen die ernsthaften Kaufleute, die den Fußspuren der Karawanen folgen. Der Vollkommene möge ihre Güter hüten und sie vervielfachen! Und schlußendlich gibt es noch jene, die mit jedem Atemzug den Blick in die unendliche Weite des Meeres schweifen lassen. Seltsame Männer ohne Bindung an die Güter, die Allah ihnen an die Hand gibt. Sie ziehen es vor, während der schrecklichen Unwetter von seinem Willen abhängig zu sein, anstatt die liebevolle Gastfreundlichkeit des Bazars zu genießen. Ihre Seelen finden eher Erleichterung in dem entsetzlichen Toben des Windes als in der frommen Stimme des Imam, der von der Höhe des Minaretts aus die Zeit zum Beten verkündet. Der Barmherzige möge sich ihrer und meiner Leiden annehmen, denn ihnen fühle ich mich wie ein Bruder verbunden ...«

(1367, nach mehr als 40 Jahren andauernden Reisens durch drei Kontinente, währenddessen er unzählige neue Routen eröffnete, begab sich Ibn Batutta unter die Obhut des Sultans von Fez. In dieser Stadt, in der das Rad verboten war, war er Gast der ehrenvollen Universität von Quarawiyin. Mit der Hilfe des andalusischen Poeten Ibn Yuzay arbeitete er zwei Jahre lang an der Redaktion seiner Rhila, einem erstaunlichen Buch über Reisen und Navigation, dessen Manuskript sich heute im Besitz der Nationalbibliothek von Paris befindet.)

»Allahs Herrlichkeit hat meine Erinnerung wachgehalten und die schönen und angemessenen Worte inspiriert, mit denen Ibn Yuzay sie niederschreibt. Das Leben erscheint mir weiterhin als ein großartiges und erhabenes Mysterium, und der Wille des Unergründlichen bewirkte, daß ich nicht eher haltmachte, ehe ich nicht eine bestimmte Tür gefunden hatte, hinter der sich seine Geheimnisse verbergen. Das war vor vielen Jahren, als ich die Gastfreundschaft und Ehrbezeugungen von Muhammad Ibn Tuglug, dem Sultan von Indien, genoß. Der Großherrliche möge seine Ehre bewahren und seine Verleumder erniedrigen! Wir befanden uns im Saal der 99 Säulen des Palastes von Yahanpanah und betrachteten die minutiöse Arbeit der Handwerker. Die Männer waren dabei, das Innere einer Kuppel mit kleinsten

Mosaiksteinen zu verzieren. Sie begannen an den Seiten und drangen langsam, unter stetigem perfekten Zusammenfügen der kleinen Stücke, zur Mitte vor, bis nur noch der minimale und exakte Raum für das letzte Stück übrigblieb. In diesem Moment unterbrachen die Handwerker ihre Arbeit, um die Perfektion Allahs zu loben. An jenem Ort verstand ich, daß kein Reisender, so weit er auch gehe, ohne den Schutz des Allergrößten bleibt, ohne seinen Blick, der alles sieht, und ohne seine Erinnerung, die alles bewahrt.

Die Pilger, die niemals zurückkehrten, die Kaufleute, deren Karawanen von dem heißen Wüstensand verschluckt wurden, die Seefahrer, die den Horizont des Meeres verloren und keine Gräber besitzen, die von dem leidvollen Wehklagen ihrer Witwen begossen werden: sie alle sind ebenfalls Teile eines vom Willen Allahs geschaffenen Mosaiks, die sich von seiner unfehlbaren Hand auf der Suche nach dem angemessenen Ort, dem exakten Bestimmungspunkt leiten ließen. Zahlreiche unter ihnen haben ihre ewige Symmetrie dabei in Gegenden gefunden, die kein anderer Mensch zuvor besucht hat, weil der Großartige es so vorherbestimmt hat.

Andere, wie ich, die wir unwürdig sind der Perfektion, haben den richtigen Ort nicht gefunden. Eines Tages aber wird seine unendliche Großzügigkeit die verstreuten Teile zusammenfügen. An diesem Tag wird das Mosaik vollkommen sein, wie auch die betrübten Seelen, und es wird die Ordnung des Großzügigen genießen, des Mildtätigen, der erfüllt ist von Barmherzigkeit und Tugend ...«

(Ibn Batutta starb 1369 in Fez im Alter von 64 Jahren. Sein untröstlicher Schutzherr, der Sultan, ordnete zu seinen Ehren die Prägung von hundert Goldmünzen an, jede mit einem Gehalt von zehn Unzen, die an hundert verschiedenen Wegkreuzungen vergraben werden sollten, an denen der Weg der Reisenden vorbeiführte. Der Wille des Sultans wurde allerdings nie vollständig erfüllt, und die Goldmünzen wechselten unzählige Male ihren Besitzer.

Im Katalog des Numismatischen Museums von Zürich wird als letzter Besitzer der Münzen – 63 von 100 – ein namhafter Goldschmied aus Bremen genannt, Isaac Rosenberg, der 1943 im Konzentrationslager von Bergen-Belsen umgekommen ist. Die Münzen wurden zum letzten Mal 1941 in Berlin gesehen. Sie sind bekannt unter dem Namen *Sammlung des umherirrenden Halbmonds.*

ZWEITER TEIL

Intensiv zu leben lohnt alle Anstrengungen und fast alle Opfer. Das Leben nur halb zu leben war immer Schicksal und Strafe der Mittelmäßigen.

Rolo Diez, *Eine Kachel im Tal des Todes*

1

IN 10.000 METER HÖHE: REFLEXIONEN EINES SCHLAFLOSEN

Nach dem Abendessen wurde ein Film gezeigt – sicherlich als Schlafmittel gedacht. Und die meisten der Passagiere schnarchten denn auch unter den blauen Lufthansadecken. Ich verfolgte den Film von Indiana Jones ohne Kopfhörer und hoffte darauf, daß er endlich zu Ende ging, damit auf dem Bildschirm wieder die Umrisse von Europa und Südamerika erschienen, durch einen blauen Zwischenraum voneinander getrennt. Eine Linie von Auslassungspunkten zeigte den Kurs des Flugzeugs an. Wir flogen gerade in der Nähe von einigen Flecken, die als die Kapverdischen Inseln ausgewiesen wurden, und mich überkam das Gefühl, als wäre jeder dieser Punkte ein Glied mehr in der Kette, die mich an ein Abenteuer fesselte, über dessen Ausgang ich meine Zweifel hatte.

Vor zwei Tagen hatte ich das letzte Gespräch mit Kramer gehabt. Das war einer von diesen Wintertagen mit unnützer Sonne gewesen, an denen sich die Straßen Hamburgs dennoch mit Menschen füllten, die angesichts der Tatsache, daß der alte Stern doch noch strahlte, völlig in Euphorie verfielen.

Er hatte mich in die Gärten von Planten un Blomen zitiert, einem riesigen Park, der vom Zentrum bis zu den Ausläufern des Hafens reicht.

Das Treffen war auf neun Uhr morgens angesetzt, und als ich ankam, war er bereits dort und amüsierte sich über ein unwürdiges Schauspiel und die Flüche, die eine wütende und entsetzte Oma ausstieß, weil der ekelhafte Hund des Invaliden ihre Hündin vögelte.

»Degenerierter Greis, unternehmen Sie etwas, damit Ihre Bestie mein Hündchen losläßt!« schrie die Oma, während sie mit ihrer Handtasche wie mit einem Degen auf ihn losging, die aber zu meiner Enttäuschung nicht auf Kramers Kopf landete.

»Aber meine gute Dame, natürliche Instinkte lassen sich nicht bremsen«, antwortete der Invalide mit einem zynischen Lächeln.

»Mein Herr, bitte«, flehte die Oma mich an, als ich ankam. Ich wollte die Gelegenheit ausnutzen, daß der Hund höchst beschäftigt und am Wimmern war, und ihm einen Tritt versetzen, hatte aber kein Glück, da er sich just in diesem Moment von der Hündin abkoppelte. Mit seinem roten Glied, immer noch wie ein Horn abstehend, setzte er sich auf den Boden und zeigte mir von dort aus die Zähne.

»Danke. Ich weiß, der Koran verbietet Ihnen derartigen Schmutz«, sagte die Alte, als sie sich mit ihrem befleckten Maskottchen entfernte.

»Laß dir einen guten Rat geben: Misch dich nicht in Kanailles Angelegenheiten«, begrüßte mich Kramer.

»Wie viele Rassen hat Ihr Vieh schon degeneriert?«

»Laß uns frühstücken gehen. Kanaille hat sich eine Erfrischung verdient.«

Wir setzten uns an einen Tisch auf der Terrasse. Auch Kramer fühlte die Notwendigkeit, sich selbst zu belügen, er schwor, daß die Sonne seine Knochen erwärmte. Er bestellte zwei Kännchen Kaffee mit Biskuit und ordnete an, daß man dem Hund ein Soja-Omelette servierte.

»Soja ist ein großartiger Aufbaustoff für die Sexualkraft. Die Chinesen verstanden viel von diesen Dingen.«

»Meinetwegen könnten sie Ihrem Scheißköter Gift servieren.«

»Du und Kanaille werdet euch am Ende mögen. Da bin ich ganz sicher. Hast du das Fahrgeld?«

»Sie wissen selbst am besten, daß ich es habe.«

»Schon gut, ich wollte nur ein bißchen nett sein. Laß uns noch mal zusammenfassen: Wie lautet deine Mission?«

»Nach Feuerland fahren. Dort einen gewissen Hans Hillermann treffen und ihn davon überzeugen, daß er besser daran tut, 63 Goldmünzen zurückzugeben. Alles ganz einfach, außer daß eventuell ein Typ, der *Major* genannt wird, vorher dort ankommt und dann weder ein Hillermann noch die Münzen existieren werden.«

»Er ist noch nicht da. Er hat sich nicht aus Berlin fortbewegt. Darüber wollte ich noch mit dir sprechen, Belmonte. Ich habe einen Privatdetektiv auf den berühmten *Major* angesetzt. Es handelt sich um einen Ex-Geheimdienstoffizier der DDR, der jetzt eine Immobilienfirma leitet.«

»Ein Ex-Offizier des Geheimdienstes. Dann gibt es einen anderen Mann, der unterwegs ist. Vielleicht ist er schon auf dem Rückweg.«

»Möglich. Auf jeden Fall zwingt dich das, sehr schnell zu handeln. Ich weiß und verstehe, daß du Verónica wiedersehen möchtest ...«

»Hüten Sie sich davor, ihren Namen auszusprechen, Kramer. Aus Ihrem Schandmaul möchte ich den Namen meiner Freundin nie wieder hören.«

»Still, Kanaille! Schon gut, Belmonte, aber schrei nicht so! Das macht den Hund nervös. Hör zu: Was dein Privatleben betrifft, das kannst du regeln, wenn du den Auftrag erfüllt hast. Ich habe deinen Flug Santiago/Punta Arenas geändert. Auf dem Flughafen von Santiago hast du zwei Stunden Aufenthalt, und dann fliegst du direkt weiter Richtung Süden. Ich habe alles organisiert, dein Ticket für den Inlandsflug bekommst du auf dem gleichen Flughafen. Du wirst früher da sein als der andere, Belmonte. Du wirst das Spiel gewinnen. Du mußt gewinnen, und du weißt selbst am besten, warum.«

Und ob ich das wußte. Seit dem ersten Treffen schon hatte Kramer mir zu verstehen gegeben, daß er mich in der Hand hatte. Er hatte es geschafft, daß die Bullerei mir den Weg zur Nachhut abschnitt, der verdammten Infrastruktur, die in den Legenden über die Guerilla besungen wird, so daß ich in der Vorhölle derjenigen verbleiben würde, die nirgends mehr einen Ort haben; denen nicht mehr bleibt als ihre Prinzipien, mit denen sie weiß der Teufel was anfangen können. In diesem Punkt hatte er mich wirklich fest im Griff. Meine Prinzipien beginnen und enden bei Verónica, sie tragen ihren Namen, und alles was ich tat und was ich tue, dient einzig und allein dazu, Verónicas minimale Bedürfnisse zu befriedigen. Ich weiß nicht, ob Kramer meine Vergangenheit außer acht ließ, als er mich seinem Plan gemäß in eine Sackgasse schickte, deren einzigen Ausweg er in seinem Rollstuhl sitzend überwachte, oder ob er es einfach tat, weil er glaubt, daß Männer wie ich besser denken können, wenn sie das schnell und unter Druck tun müssen, angetrieben von einer enger werdenden Umzingelung. Kommt Zeit, kommt Rat, pflegten wir früher zu sagen. Und daran hielt ich mich, als wir das Elbufer entlang gingen.

Er setzte mich unter Druck, weil er mich brauchte. Er verwendete das Mittel der Erpressung, ergo hatten wir beide etwas zu gewinnen oder zu verlieren. Und im übrigen hatte er eine nette Summe Geld als Prämie für meine Dienste erwähnt. In Nicaragua hatte ich von Edén Pastora, einem der besten Guerilleros der Geschichte, etwas gelernt: Schwierige Rückzüge gelingen, wenn sie als massive Angriffe getarnt sind.

»Einverstanden, Kramer. Ich werde tun, was Sie verlangen, aber ich habe meinen Preis.«

»Nur raus mit der Sprache. Über alles kann man verhandeln.«

»Ihr Geld interessiert mich einen feuchten Dreck. Ich verlange etwas anderes: Ich werde meinen Auftrag erfüllen, und Sie werden die verdammten Münzen bekommen. Aber Sie werden sich dafür verpflichten, Verónica nach Europa zu holen, in die beste Klinik für psychisch Kranke.«

»Einverstanden. In die beste Schweizer Klinik.«

»Nein, dänische. Die beste Klinik zur Behandlung von Folteropfern befindet sich in Kopenhagen. Der Preis spielt keine Rolle.«

»Ich akzeptiere. Sobald die Münzen auf meinem Schreibtisch liegen, fange ich an, die Reise deiner Genossin zu organisieren. Egal, was es kostet.«

Die Auslassungspunkte setzten sich auf dem blauen Fleck langsam fort, wie um zwischen den beiden Ufern eine Brücke zu schlagen. Eine Stewardeß fragte mich, ob ich Schwierigkeiten hätte einzuschlafen, und bot mir Augenklappen an.

Ich bestellte einen Jack Daniel's mit Eis, und mit dem Glas in der Hand dachte ich noch einmal an meinen Abflug in Hamburg zurück. Kaum acht Stunden waren vergangen, und doch erschien er mir wie eine Episode aus einem anderen Leben, an das ich mich kaum noch detailliert zu erinnern vermochte.

Pedro de Valdivia hatte mich zum Flughafen begleitet. Der Kleine sollte in meiner Wohnung bleiben und hatte dafür genaue Anweisungen erhalten.

»Du weißt also Bescheid: Wenn ich in zwei Wochen nicht zurück bin, verkaufst du alles, was du verkaufen kannst, und überweist das Geld an die Adresse, die ich dir gegeben habe.«

»Keine Sorge, Chef. Sie werden schon zurückkommen. Ich weiß nicht, warum Sie nach Chile fahren, aber es wird schon gut gehen. Ich stelle keine Fragen, Chef.«

»Genau das ist es auch, was mir am besten an dir gefällt. Februar. Dort ist jetzt Sommer. Ich kann mich gar nicht mehr daran erinnern, was Wärme ist.«

»Kommt darauf an, Chef. In der Hauptstadt ist Sommer, aber im Süden fängt bereits der Herbst an.«

»Stimmt. Ich habe einen Termin in Feuerland.«

»Ich bin von dort, Chef. Aus Porvenir. Sie müssen sich warme Kleidung mitnehmen. Zu dieser Zeit fangen dort die Polarwinde an. Ich weiß, wovon ich rede, Chef.«

»Ich werde mich also wieder nicht vom Mantel befreien können.«

»Besser ein Anorak. Haben Sie keinen? Egal. Ich gebe Ihnen einen von mir, der supergroß ist. Ist mit Daunenfüllung aus Entenfedern.«

Am Morgen der Abreise erschien er mit einem grünen Anorak, der selbst mir zu groß war. Wir verabschiedeten uns mit einem Händedruck.

Als ich die Polizeikontrolle hinter mir hatte, drehte ich mich um. Da stand der Zwerg noch immer in der Abflughalle, lächelnd, die blaue Wollmütze bis zu den Augenbrauen runtergezogen, und einem Auge, das immer noch halb zugeschwollen war.

Nach zehn Stunden Flug war es ein echtes Vergnügen, sich in Sao Paulo die Beine zu vertreten. Eine klebrige Hitze bemächtigte sich der Kleidung und des Körpers. Als ich dann endlich in einem Café der Transithalle einen richtigen

Kaffee trank, kam mir ein beunruhigender Gedanke: Und wenn nun dieser vom *Major* losgeschickte Jemand, wer immer es auch sei, Mann oder Frau, mit mir im selben Flugzeug reiste? Wir waren an die 200 Passagiere an Bord. Ich beschloß, mich um die Gesichter zu kümmern. Kaum hatte das Flugzeug wieder abgehoben, lief ich den Gang entlang und prägte mir die Gesichter ein. Nach dem zweiten Kaffee erschien mir das allerdings ein nutzloses Unterfangen. Ich benahm mich wie ein Privatdetektiv – vorausgesetzt, die freischaffenden Schnüffler agierten wirklich so.

Ich kenne etliche Namen von Privatdetektiven, die in der turbulenten Welt der Kriminalromane Fälle lösen. Leibhaftig habe ich allerdings nur einen kennengelernt – seinen Namen habe ich disziplinierterweise wieder vergessen.

Ich glaube, das war 1977, als die Welt eine Art Supermarkt war, wo sich die verschiedensten Typen von Revolutionären mit Geld und Waffen versorgten. Ich war auf dem Rückweg von Mosambik nach Panama und hatte zwei Tage Aufenthalt in Rabat.

Dort sollte ich mich heimlich mit einem Aktivisten der Frente Polisario treffen, der mir eine Botschaft für Hugo Spadafora mitgeben sollte. Wir trafen uns in einem Café, und der Mann hatte mir vom ersten Moment an gefallen. Er hieß Salem, wie die Zigaretten, und sprach das feierliche Spanisch der Sahrauis.

»Man vergißt uns. Es sieht so aus, als ob sich Unabhängigkeitskriege nicht mehr verkaufen«, sagte Salem.

»Ich nicht. Ich weiß wenig über die Saharauis, aber ich sympathisiere mit ihnen. Wahrscheinlich, weil mir die Geschichten der Tuareg immer gut gefallen haben.«

»Würdest du etwas für uns tun?«

»Ich nehme eine Botschaft für Hugo mit. Ist das nicht genug?«

»Es handelt sich um etwas mehr. Wir möchten eine bestimmte Geldsumme ›zurückholen‹, die wir brauchen. Ein Waffenhändler hat mit uns ein schmutziges Spiel gespielt. Er hat uns reinsten Schrott geliefert, und das tut man nicht mit den Söhnen der Wüste.«

»Und wo finde ich diesen Herrn?«

»In Mexico-City, wie du weißt, eine sehr ruhige Stadt. Das Geld bewegt er allerdings in Luxemburg. Seinen zweiten Mann beschatten wir Tag und Nacht.«

Von Rabat aus setzte ich die Reise nach Panama fort und flog von dort nach Havanna, um hier den Mann zu suchen, der mir helfen sollte, den Wüstensöhnen unter die Arme zu greifen.

Ich weiß nicht viel über Mexico-Stadt, was normal ist. Schließlich gibt es niemanden, der von sich behaupten könnte, die größte Stadt unseres Planeten zu kennen. Und über die Mexikaner wußte ich noch weniger. Merkwürdig, diese Mexikaner. Ein Volk ohne den traumatischen Einschnitt in die Geschichte, den die Militärputsche in Südamerika hinterlassen haben. Sie lebten einfach ihre Geschichte, wobei es ihnen schlecht ergangen ist. Aber hartnäckig setzten sie den Kampf fort für bessere Zeiten. Im Unterschied zum restlichen Lateinamerika verpfändeten sie allerdings nicht die Möglichkeit, glücklich zu sein, für den fragwürdigen Scheck der Machtübernahme.

Ich wußte damals wenig über die Mexikaner, aber viel über die Mexikaner auf Kuba. Vor einem Jahr hatte ich Freundschaft geschlossen mit Marcos Salazar, einem Lehrer, der sich Ende der 60er in das Abenteuer des bewaffneten Kampfs gestürzt hatte, um den von Villa und Zapata wiederaufzunehmen. Sie nannten sich Bewegung Lucio Cabañas und waren überzeugt, daß ihre Aktionen in das Panorama von Aufständen eingehen würden, die den Kontinent erschütterten. Sie hatten schlecht kalkuliert, da Kuba sie nicht unterstützte. Die kubanische Revolution konnte sich den Luxus nicht leisten, die Beziehungen zu Mexiko zu gefährden. Staatsräson. Schlußfolgerungen, die auf der ›objektiven Analyse der Kräfteverhältnisse‹ beruhten.

Sie konnten sich nicht lange halten. Die Repression der PRI (Partido Revolucionario Institucional) entlud sich über sie, und ein paar Aktivisten, unter ihnen Salazar, entführten schließlich ein Flugzeug, um dem sicheren Tod zu entkommen. Sie dirigierten es nach Kuba und blieben dort. Für immer oder bis das widerwärtige Spinnweb der Geschichte über ihr Leben, ihren Tod, ihre Angst oder sonstige Halluzinationen entscheiden würde.

Ich spazierte den Malecón in Havanna entlang. Das war ein allgemeiner Treffpunkt, und dort würde ich den Faden finden, der mich zu Marcos bringen würde. Ich kaufte die *Granma* und las sie von vorn bis hinten. Dabei saß ich an einer Stelle, die strategisch von den vier Hauptpunkten aus sichtbar war. Ich rauchte fast eine ganze Packung Zigaretten auf, während ich die Schönheiten von Havanna betrachtete. Dann grüßte mich endlich eine bekannte Stimme.

»Du hier, Belmonte?« grüßte Braulio, ein Mulatte mit schaukelndem Gang, der einen mit Kordel zusammengeschnürten Koffer schleppte.

»Wie geht's, Braulio? Auf Reisen?«

»Claro, ich fliege in die Schweiz, um meine Tageseinnahmen zu deponieren. Schließlich bin ich Exklusiv-Vertreter, Vertrieb und Verkäufer eines außergewöhnlichen Produkts. Ich schwör's Ihnen, mein Herr.«

»Und wer ist der Produzent?«

»Ein Baum. Ich verkaufe Avocados, verfluchte Scheiße.«

Braulio war einer jener einfallsreichen Kubaner, die sich ihren Lebensunterhalt auf eigene Faust organisierten. Ehemaliger Kämpfer gegen die Invasion in der Schweinebucht, der jetzt in Ungnade gefallen war, aber nie seinen Humor verloren hatte.

»Ich muß unbedingt einen Freund treffen. Einen Mexikaner.«

»Nicht ganz einfach. Vor einer Woche hat uns der Generaldirektor der PEMEX besucht, und die Burschen haben sie nach Camagüey geschickt.«

»Zehn Dollar öffnen mehr als einen Mund.«

»Schöne Worte. Du könntest glatt als Poet durchgehen. Komm morgen früh und sieh dir die Botanik von Havanna an. Zwischen zehn und elf. Möchtest du eine Avocado?«

Marcos Salazar. Was ist wohl aus ihm geworden? Damals schon in den Vierzigern, mit langsamer, fast müder Gestik, unverbesserlicher Kettenraucher. Eine stark gebräunte Glatze ließ in ihm alles andere vermuten als einen Guerillero. Ein Typ mit einer leichten Khaki-Jacke und dem Aussehen eines Notars folgte ihm in einigem Abstand und tat, als würde er die Wellen beobachten.

»Belmonte, verdammt und zugenäht. Ich seh's und kann's nicht glauben.«

»Genehmigen wir uns ein paar Mojitos?«

»Ich lade ein, und der Herr bezahlt. Und mein Schutzengel?«

»Hab ihn schon bemerkt. Gibt's noch mehr?«

»Nein. Ich bin so unbedeutend, daß sie ihn schon seit Monaten nicht ausgewechselt haben. Guck mal, der arme Hilfsspitzel schielt sogar schon. Mein Bruder, was immer du auf dem Herzen hast, spuck es aus und laß uns ein bißchen laufen. Anschließend werden wir uns ein paar Rum genehmigen und in Erinnerungen schwelgen.«

»Ich brauche jemanden in Mexico-City. Einen, der es mit dem Teufel aufnehmen kann.«

»Verstehe. Für die Mithörer: Seinen Namen hast du schon wieder vergessen. Du kannst ihn in Azcapotzalco treffen. Im Leuchtturm am Ende der Welt. Ihm fehlt ein Auge. Ich weiß allerdings nicht genau welches. Als ich ihn das letzte Mal sah, hatte er noch beide.«

»Was schulde ich dir?«

»Ein ordentliches Besäufnis, das zwei Tage anhält.«

Azcapotzalco war das, was in vielen Städten als Vorort bekannt ist. Ein Furunkel, das der ausufernden Hauptstadt nicht etwa neu gewachsen war, sondern das sich schon vorher dort befunden hatte, im Hinterhalt lauernd. Alles schien sich hier um eine gigantische Raffinerie zu drehen, die ihren Schweinedreck in die Luft abließ.

Zweimal Fragen reichte, um zu dem Leuchtturm am Ende der Welt zu gelangen, einer Kneipe, die von den Raffineriearbeitern und anderen Subjekten der heiligen Bruderschaft des Tresens besucht wurde.

»Und?« fragte der Wirt.

»Ein Bier. Hören Sie, ich suche einen Zwillingsbruder, der hier Stammkunde ist. Der, dem ein Auge fehlt.«

»Und Sie glauben, er möchte, daß man ihn findet?«

»Auf jeden Fall. Ich hab Ihnen doch gesagt, daß wir Zwillingsbrüder sind. Im übrigen ist es dringend.«

»Ein bißchen Geduld. Von wem?« fragte der Wirt, als er zum Telefonhörer griff.

»Von Robinson Crusoe.«

Ich wartete so lange, wie es dauerte, fünf kleine Bier zu trinken. Zeit genug, um mich davon zu überzeugen, daß die Welt aufgeteilt war in Hurensöhne und Schweinehunde. Ich war gerade dabei, zu überlegen, auf welcher Seite ich mich wohler fühlen würde, als der Wirt mir mit dem Kopf ein Zeichen gab. Seine Geste deutete zu dem Mann, der gerade eben eingetreten war, ein Typ unbestimmten Alters, Baseballkappe auf dem Kopf und das rechte Auge von einer braunen Leder-Augenklappe bedeckt.

»Sie sind nicht Robinson Crusoe«, begrüßte er mich.

»Nein, aber ich bin ein Freund von Marcos. Er hat mir auf der Insel Ihren Namen gegeben.«

»Diese elenden Kubaner. Gib mir einen Euphemismus, Mann.«

»Einen was?« fragte der Wirt.

»Einen Cuba libre.«

Der Wirt brachte das Bestellte. Und ich sah, wie der Einäugige das Glas nahm und mit einem Finger die Zitronenscheibe und die Eiswürfel am Herausfallen hinderte, während er den Rum kippte. Als er das Glas bis auf den letzten Tropfen geleert hatte, füllte er es mit Coca Cola.

»Das nennt man Cuba libre für Kinder. Komm. Laß uns sehen, was du auf dem Herzen hast.«

Ich gab ihm die Information, die ich von Salem bekommen hatte. Der Einäugige hörte zu, während er an seinem Cuba libre für Kinder nippte. Sein Blick zeigte mir, daß er schon dabei war, die Aktion zu planen. Und als ich fertig war, sagte er, daß er das Objekt sehen wollte.

Der Einäugige, dessen Namen ich vergessen habe, fuhr einen VW-Käfer. Wir durchquerten die Stadt, Mexico-City schien endlos zu sein, bis wir schließlich zu einer Zone kamen, die mit *Bungalows* im Stile Hollywoods bebaut war. Er parkte in 500 Meter Entfernung von dem Haus, das uns interessierte. Die ganze Aufmerksamkeit seines einzigen Auges war auf den Rückspiegel gerichtet.

»Es sieht nicht so schwer aus«, meinte er.

»Ich würde den Ort gern ein bißchen abchecken, um einen Operationsplan zu entwerfen.«

»Da erkennt man sofort den Chilenen. Das lassen Sie mal mich machen. Sie sind hier zu auffällig.«

»Sprechen wir wenigstens ein bißchen über den Risikofaktor?«

»Wozu? Robinson Crusoe ist wie mein Bruder, und die Freunde meines Bruders... etcetera.«

Mit seinem VW brachte er mich bis zu einem Taxistand. Beim Abschied gab er mir eine Visitenkarte mit der Aufforderung, ihn um acht Uhr abends anzurufen. Auf der Karte stand sein Name. Und weiter unten: Privatdetektiv.

Ich rief ihn zu der angegebenen Zeit an. Sind schon seltsam, diese Mexikaner. Wenn sie einmal ja gesagt haben, dann gilt das auch definitiv.

»Morgen erledigen wir die Sache. Ich hole Sie um 600 am Hotel ab, wie General Patton zu sagen pflegte.«

»Einverstanden. Ich nehme an, Sie haben ein Werkzeug für mich.«

»Was ist Ihre Glücksnummer?«

»Eine lange Neun.«

Später am Abend rief ich in Rabat an und erzählte Salem von dem Fortgang der Geschichte. Der Wüstensohn sagte mir, daß von seiner Seite aus alles so lief wie ausgemacht.

Am Tag darauf, kurz nach der Morgendämmerung, warteten drei Männer mit gelben Overalls und Sicherheitshelmen in der Nähe eines Hollywood-Bungalows in Mexico-City, bis ein Auto mit drei Männern das Grundstück verließ. Dann stiegen sie aus dem Lieferwagen aus. Einer war der Einäugige, der andere ein sehr agiler junger Bursche und der dritte ich. Der Einäugige wandte sich an den Jungen, den er ›Nachbar‹ nannte.

Der ›Nachbar‹ klingelte nicht etwa, sondern klebte sich förmlich an die Klingel, bis ein Schrank von Mann, der gut drei normale Körper umfaßte, sich langsamen Schrittes der Tür näherte. Der perlmuttverzierte Kolben einer 45er hing von seinem Gürtel herunter.

»Was ist los?« fragte der Schrank.

»Öffnen Sie die verdammte Tür. Wir müssen das Leck in der Gasleitung finden.Und machen Sie ein bißchen fix. Wenn wir das Leck nicht rechtzeitig finden, werden wir eine satte Explosion haben, und halb Mexiko-Stadt wird in die Luft fliegen. Nun machen Sie schon und öffnen die Tür.«

Der Schrank biß an. Vorträge ohne Punkt und Komma sind in ihrer Wirkung unfehlbar. Wir traten ein. Der ›Nachbar‹ schrie weiter Alarm, bis zwei andere Bodyguards mit Triefaugen und zwei Hausangestellte erschienen.

»Das Leck muß im Haus sein, und es ist schlimmer als vermutet«, rief der ›Nachbar‹ und lief hinter einem Amperemeter her, das er wie einen Geigerzähler benutzte.

Im Laufschritt drangen wir in den Bungalow vor. Als wir sahen, daß die drei Schläger und die beiden Hausangestellten auch drin waren, packten wir unser Werkzeug aus. Der Einäugige hantierte mit einer schwarzen 45er, der ›Nachbar‹ mit einer 38er mit abgesägtem Lauf, und mir vermittelte die langläufige 9 mm Browning ein ziemlich sicheres Gefühl.

»Dieser Haufen Schweinehunde und die Hausangestellten gehören dir, Nachbar. Wir beide schauen mal nach dem Alten«, sagte der Einäugige, und wir machten uns auf den Weg, die Türen mit den Füßen auftretend.

Wolfgang Obermeier, alias Ernesto Schmidt, alias César Braun, auf jeden Fall aber Ex-Kommandant in der Hitler-SS, saß in seinem Bett und löffelte eine Grapefruit.

Der Einäugige blieb an der Schlafzimmertür und teilte sein einziges Auge zwischen Zimmer und Flur auf. Ich sprang auf das Bett des alten Nazis und tauschte seinen Löffel gegen den Pistolenlauf. Obermeier fing an zu zittern und verdrehte die Augen. Ohne jeden Respekt vor der belgischen Industrie besabberte er den Lauf der Browning.

»Hör gut zu, du altes Schwein. Ich werde dir jetzt das Foto eines Mannes zeigen, der große Lust hat, deine Adresse zu erfahren.«

Ich nahm aus meiner Tasche das Foto eines Mannes in israelischer Uniform, der die in seinen Arm eingebrannte Nummer zeigte. Der alte Nazi schaute das Foto an und hätte sich um ein Haar eingeschissen, wie Salem prophezeit hatte. Sabbernd stammelte er einige unverständliche Brocken.

»Nehmen Sie ihm den Lauf aus dem Mund. Sehen Sie nicht, daß der Schweinehund reden möchte?« riet der einäugige Detektiv von der Tür aus.

Bevor ich ihm die Pistolenmündung aus dem Mund nahm, packte ich ihn an seinem spärlichen Haar. Der alte Nazi zitterte wie ein Hund.

»Wer sind Sie? Was wollen Sie?«

»Söhne der Wüste. Aber die Burschen vom Mossad gefallen uns auch.«

»Meine Familie ..., meine Familie ...«, stotterte er.

»Deine Familie interessiert mich einen Scheißdreck. Hör gut zu: Du wirst jetzt sofort deinen Kumpan in Luxemburg anrufen. Du wirst ihn zwar aufwecken, aber so ist nun mal das Leben.«

Obermeier ließ sich zum Schreibtisch schleifen.

»Mit Zimmerlautsprecher. Ich möchte gerne mithören. Und paß auf, was du sagst. Deutsch ist eine meiner Lieblingssprachen.«

Schweißgebadet wählte er die Nummer, die Salem mir in Rabat gegeben hatte.

Es vergingen einige Sekunden, bis man eine schlaftrunkene Stimme vernahm, die auf deutsch antwortete.

»Ja? Hallo?«

»Ich bin's, Braun.«

»Herr Braun! Ist etwas passiert?«

Ich drückte ihm die Mündung auf das freie Ohr.

»Sag ihm, er soll aus dem Fenster, das zum Marienplatz liegt, nach unten gucken. Da wird er einen Radfahrer sehen, der gerade dabei ist, sein Fahrrad zu reparieren. Er soll ihn rufen und ihm die Tür aufmachen.«

Obermeier gehorchte. Der Typ am anderen Ende der Leitung begann Fragen zu stellen, aber die Pistolenmündung, die dem alten Nazi ein Ohr plattdrückte, brachte ihm den Befehlston bei. Er verlangte unbedingten Gehorsam. Drei Minuten später berichtete der Luxemburger, der Radfahrer sei oben. Ich sprach mit ihm auf spanisch.

»Saludos de México.«

»Saludos del oasis«, antwortete er.

Ich gab Obermeier den Hörer zurück.

»Sag ihm, er soll ihm einen Scheck in Höhe von 400.000 Dollar ausschreiben.«

»Aber ich habe nur die Hälfte bekommen ...«.

»Und die Zinsen?« fragte der einäugige Detektiv vom Türrahmen aus.

Mit einigen Millimetern des Pistolenlaufs im Innern seines Ohrs gab er dem Luxemburger die Anweisung. Einige Minuten später sprach ich erneut mit dem Tuareg.

»Hast du den Kuchen?«

»Mit überquellender Sahne. Ich will runtergehen, um ihn zu probieren.«

»Und jetzt, du Schweinehund, sag deinem Kumpan, daß er ihn zur Tür runterbringen und warten soll, bis er weg ist. Anschließend soll er zum Telefon zurückkommen.«

Fünf Minuten später war der Luxemburger erneut am Telefon. Er fragte sofort, was er weiter machen solle.

»Sag ihm, er soll ein Buch nehmen. Irgendeines.«

Der Luxemburger sagte, daß er den *Zauberberg* auf dem Tisch liegen habe.

Es war acht Uhr morgens, als der Luxemburger anfing, das Buch von Thomas Mann am Telefon vorzulesen. Der einäugige Detektiv ging zu dem Zimmer, wo der Nachbar die drei Schläger und die beiden Hausangestellten bewachte, und kehrte mit ihnen zurück. Es war eine nette Telefonkonferenz, die bis um ein Uhr mittags andauerte, obwohl der Luxemburger fürchterlich las. Um fünf nach eins befahl ich Obermeier aufzulegen. Ich rief Rabat an. Man merkte Salem die Euphorie an.

»Kassiert. Wenn du mal hier runterkommst, werden wir das gebührend feiern.«

»Versprochen, Wüstensohn.«

Bevor wir gingen, schnürten wir die Schläger und die beiden Hausangestellten zu einem hübschen Paket zusammen, das wir in einer der Toiletten zurückließen. Obermeier zitterte vor Angst, Wut und Ohnmacht. Er traute sich aber noch, eine Frage zu stellen, als wir ihn auf seinem Stuhl festbanden.

»Werden Sie mich den Juden ausliefern?«

»Wir spielen sauber. Mit Vergnügen würde ich dir das Hirn wegblasen, aber das würde uns nur die Bullen auf den Hals jagen. Und den Juden werden wir dich nur aus einem einzigen Grund nicht ausliefern: Du würdest einen Deal mit ihnen machen, mit dem, was du über die Palästinenser weißt.«

Wir verließen den Bungalow und stiegen wieder in den Lieferwagen. Der ›Nachbar‹ meinte, die 45er-Ernte sei nicht schlecht. Und der einäugige Detektiv zeigte sich besorgt über die Telefonrechnung, die wir dem alten Nazi hinterlassen hatten.

Ja. Dieser Einäugige war der einzige Privatdetektiv, den ich kannte. Und ich dachte daran, wie schön es wäre, ihn in Chile an meiner Seite zu haben.

Die Müdigkeit übermannte mich, kaum daß wir in Buenos Aires abhoben. Und ich schwöre, daß ich mich gerade erst eingerichtet hatte, um wenigstens diese letzte Stunde Flug schlafend zu genießen, als ich spürte, wie jemand mir einen Ellbogenstoß in die Rippen versetzte. Ich öffnete die Augen und schaute dem Dicken ins Gesicht, der mir als Platznachbar zugeteilt war.

»Was ist los?« fragte ich, ohne zu wissen, ob ich schon wach war.

»Sehen Sie! Sehen Sie!« antwortete der Dicke, während er versuchte, das Fenster mit seinem Finger zu durchlöchern.

»Was?« hörte ich mich sagen, während ich an einen brennenden Motor dachte.

»Der Gebirgszug der Anden. Wir sind in Chile!«

Elender Fettsack. Er hatte mir den Schlaf geraubt. Ich stand auf und watschelte zur Toilette wie ein Pelikan. Ich schaute mich im Spiegel an. Verdammt, Belmonte! Als du Chile verließest, hattest du kein einziges graues Haar. Und jetzt siehst du deinen Haarschopf in zwei Farben geteilt. So, als wäre ein Teil das schlecht konservierte Negativ von dem, was du mal warst, und das andere eine noch schlechtere Kopie von dem, was du bist.

2

SANTIAGO DE CHILE: EIN NUSSKNACKER AUS SACHSEN

Der Nußknacker aus Holz blickte von der höchsten Stelle eines Regals ins Wohnzimmer hinab. In seinem überdimensionierten Mund blitzten zwei Reihen einander paarweise gegenüberstehender weißer Zähne. Die oberen waren unter eine dicke, purpurfarbene Lippe aufgemalt, und die unteren ins Ende des Hebels geschnitzt, der den Unterkiefer darstellte. Der Hebel durchquerte den Körper und kam wie ein Buckel zum Rücken wieder heraus. Wenn man ihn nach oben bewegte, ging der Kiefer nach unten und öffnete den Rachen bis zur Brust. Eine erneute Bewegung, diesmal nach unten, schloß ihm den Mund, und der mächtige Kiefer zerquetschte die Nuß oder was immer dazwischenlag.

Er war 40 Zentimeter groß und stellte einen sächsischen Laternenanzünder dar, hochmütig und diszipliniert, wie es sie in Dresden gab, bis die Bomben der Alliierten die Stadt 1945 in Schutt und Asche legten. Auf seinem überdimensionierten Wasserkopf trug er einen schwarzen Zylinder, und auf den Körper war ihm ein blauer Mantel gemalt, mit vergoldeten Knöpfen, Schulterstücken und Ärmelaufschlägen. Eine weiße Hose mit blauem Streifenbesatz und schwarze Reitstiefel vervollständigten seine Tracht. In der rechten Hand hielt er einen langen Stab mit einer versilberten Spitze und in der linken eine sechseckige kleine Laterne. Unter der kurzen Zylinderkrempe schauten ein paar Strähnen Roßhaar hervor, und ein im Kaiserstil gezwirbelter Schnurrbart, der unter eine imposante Nase gemalt war, vervollständigte die Personifizierung dieser Witzfigur. Er wirkte unnütz und fehl am Platz. Wie ein Exilierter.

»Das Großmaul ist zusammen mit mir rübergekommen«, sagte Javier Moreira und zeigte auf den Nußknacker.

Moreira war ein Mann in den Vierzigern, mit beklagenswertem Haar und ebensolchen Gründen, die ihn zwangen, eine falsche Identität anzunehmen. Und das wohl wissend, daß sein Gegenüber seine wirklichen Daten bis ins Detail kannte. Aber so schrieben es die Regeln einer Dramaturgie vor, die sich hartnäckig hielt wie die Krätze. Ihre Nichtbefolgung würde unweigerlich Konsequenzen nach sich ziehen. In Wirklichkeit hieß er nicht Javier Moreira, so wie sein Gegenüber am Tisch auch nicht Werner Schroeders hieß. Das Leben bestand darauf zu zeigen, was es war: eine Farce.

»Ein wirkliches Museumsstück. Aber sie produzieren die jetzt auch schon in Hongkong«, bemerkte Schroeders.

»So ist alles den Bach runtergegangen.«

»Es gibt Leute, die behaupten das Gegenteil. Sie sagen, daß alles schon vorher eine einzige Scheiße war, so daß es gar keinen Bach mehr brauchte.«

»Der Hurensohn von Gorbatschow. Sie waren einfach zu weich. Wir waren alle viel zu weich. Bist du nicht auch der Meinung?«

»Ich bin ein Mann mit Disziplin. Mein Metier ist weder Nachdenken, Meinungenverkünden, noch Glauben oder Plaudern. Ich führe Befehle aus.«

Moreira ging in die Küche und preßte ein paar Limonen aus, um einige Runden *Pisco sauer* zu servieren. Er hätte gern irgendein Signal von Optimismus in den Worten des Deutschen entdeckt. Wenn ein Individuum, ein ›Kader‹ wie er, nach Chile kam, um Befehle auszuführen, dann hieß das, daß die, die die Befehle gaben, immer noch existierten.

Und daß er vielleicht seine letzte Schlacht noch nicht geschlagen hatte. Aber die Ereignisse hatten sich derart schwindelerregend überschlagen, daß die Realität schwer wog wie ein Grabstein und keinen Hoffnungsschimmer durchscheinen ließ.

»Werner, hast du damit gerechnet, mich hier anzutreffen?«

»Ich bin das Risiko eingegangen, und mit Freude stelle ich fest, daß ich mich nicht getäuscht habe.«

Moreira biß sich auf die Lippen. Er hatte ein: ›Aber natürlich, Genosse‹ erwartet. 1986 war er nach Chile zurückgekehrt. Unter den schlechtesten Bedingungen, als seine Partei gerade in Auflösung begriffen war. Seine einzige Aktion hatte darin bestanden, ein Postschließfach im Stadtteil zu mieten und zwei Schlüsselkopien zu machen. Eine schickte er nach Kuba, die andere in die DDR. Fast vier Jahre lang war er diszipliniert jeden Montag und Donnerstag erschienen, um in dem kleinen in die Ziegelwand eingelassenen Kasten nachzusehen. Und jedes Mal hatte er sich mit dem Nichts der Unterlegenen konfrontiert gesehen, der auf einer namenlosen Insel vergessenen Schiffbrüchigen, bis ihm eines Nachmittags, und das genau vor sieben Tagen, der Anblick eines in Berlin aufgegebenen Briefumschlags vehementes Herzklopfen verursachte.

In dem Umschlag fand er eine aus einer deutschen Zeitung ausgeschnittene Anzeige: »Mäuse? Schicken Sie uns Ihre Adresse, und wir befreien Sie in 7 Tagen von der Plage.« Die Botschaft war kurz und knapp, aber für Moreira enthielt sie mehr Informationen als eine Enzyklopädie.

»Es freut mich, dich zu sehen, Werner.«

»Das kann ich erst sagen, wenn ich gesehen habe, was du machst.«

Moreira servierte die beiden Gläser.

»Stoßen wir auf etwas an? Auf die alten Zeiten?«

»Du bist immer noch der gleiche Romantiker, Moreira. Ich erinnere mich noch gut, du warst einer von den wenigen, die wirklich gerührt waren, wenn wir auf die Völkerfreundschaft anstießen.«

»In Rostock. Mit Krimsekt.«

»Oder mit Rum. Mit dem kubanischen Militärattaché haben wir ein paar Mal gut einen drauf gemacht.«

»Auf die alten Zeiten und die edlen Genossen.«

»Dir ist nicht zu helfen, Moreira. Prost.«

Die beiden Männer hatten sich Anfang der 80er in Cottbus kennengelernt. Damals gab es im Innenministerium der DDR eine große Mißstimmung, da dem Westen die Namen einer Reihe von Stasi-Spitzeln zugespielt worden waren. Alles deutete darauf hin, daß die undichte Stelle lateinamerikanischen Ursprungs war.

Werner Schroeders war Geheimdienstoffizier, und unter diesem Namen war er in der Lateinamerika-Abteilung des Ministeriums bekannt.

Ihm fiel seinerzeit die Aufgabe zu, ein wirksames Gift zu finden, um die Made im Herzen des Apfels zu eliminieren.

Die vertrauliche Akte von Javier Moreira sprach von ihm als einem altbewährten Kommunisten. Herausragendes Mitglied der Kommunistischen Jugend. Militärdienst bei der Marineinfanterie. Kurz vor dem Militärputsch von 1973 Eintritt in den Sicherheitsapparat der Partei. Bis 1975 war er in der Klandestinität mit der Sicherheit des Zentralkomitees betraut. Zwischen 1977 und 1979 militärische Unterweisung in Bulgarien und auf Kuba. Ende 1979 ging er als einer der Verantwortlichen für die ideologischen Säuberungsaktionen nach Nicaragua. Seine Aufgabe bestand darin, die trotzkistischen, anarchistischen und guevaristischen

Elemente auszuschalten, die mit der Internationalen Brigade Simón Bolívar nach Nicaragua gekommen waren.

»Mit wem lebst du?« fragte Schroeders.

»Was soll diese Frage?«

»Die Wohnung hat drei Zimmer. Bißchen viel für einen Alleinstehenden.«

»Dir bleibt aber auch nichts verborgen. Ich lebe allein. Als ich nach Chile zurückkehrte, habe ich geheiratet. Das war allerdings von kurzer Dauer. Meine Ex ist mitsamt ihren Sachen und dem Kanarienvogel verschwunden. Du kannst hier wohnen.«

»Genau wie bei mir. Ist gut, das Zeug. Mach' noch mal 'ne Runde.«

Werner Schroeders sah zu, wie Moreira die Limonen auspreßte, und entdeckte in seinen Bewegungen eine Niederlage, die deutlich, fast obszön deutlich zu spüren war. Er war weit entfernt von jenem selbstsicheren Mann, der sich 1981 in einem uralten Gebäude in Westberlin stundenlang, ohne nur einmal mit der Wimper zu zucken, den von ihm vorgelesenen Lagebericht angehört und dann, nach Aushändigung seiner falschen Papiere, zum Abschied die Hakken zusammengeschlagen hatte.

Moreira hatte sich damals als äußerst effizient, als ›höchst vertrauenswürdiger Kader‹ erwiesen. Emsig wie eine Ameise bewegte er sich in Frankfurt, München, Hamburg, Berlin, Leipzig hin und her. Er war auf unzähligen Latino-Festen dabei. Auf katholischen und protestantischen Gottesdiensten. Er hörte Hunderte von Schallplatten von Mercedes Sosa, Joan Baez, Inti Illimani, Pete Seegers, Quilapayún, Viglietti. Demonstrierte für Bolivien, Chile, Südafrika, Nicaragua, El Salvador, für alle Länder, die sich im Klassenkampf befanden. Er ließ sich bei Sit-Ins vor Atomkraftwerken und umweltverschmutzenden Firmen verprügeln. Tanzte mit als Roma verkleideten Typen auf schwulen Feten. Rauchte auf dem Balkon angebautes Marihuana und in Amsterdam gekauftes Haschisch. Vögelte in Schlafsäcken, auf bürgerlichen Pritschen und unter freiem Himmel. Kurz, er führte das normale Leben eines Lateinamerikaners im Exil. Nach sechs Monaten fand er den Schlüssel zum Labyrinth und kehrte mit einem Phantombild des Minotaurus nach Berlin zurück.

Die Stasi schlug in der DDR mit großem Behagen zu. Die betroffenen Deutschen kamen als Kollaborateure mit dem Klassenfeind auf die Anklagebank. Ihre Besitztümer wurden konfisziert, und sie wurden zu langen Haftstrafen in Gefängnisse geschickt, die denen von Pinochet oder Videla in nichts nachstanden. Die Latinos, denen es nicht gelang, rechtzeitig zu entkommen, wurden in ihre Herkunftsländer zurückgeschickt, zur Freude vieler Diktatoren jeglicher Schattierung. Und Moreira erhielt den Befehl, nach Frankfurt zurückzukehren, um die Akte zu schließen.

Der Kopf des Netzes war ein Uruguayer, ein Militanter mit etlichen Jahren im Kreise der Tupamaros. Der Mann sah, wie die Strukturen zusammenbrachen, und machte sich daran, den Faden aufzunehmen, bis er die Identität des Maulwurfs herausgefunden hatte. Dann machte er eine ziemlich objektive Analyse der Situation. Die proletarische Repression würde ihren Arm nicht bis nach Frankfurt am Main ausstrecken, um ihn zu fangen. Nein, dumm waren sie nicht, die Söhne von Papa Stalin. Sie würden ihn der politischen Polizei Westdeutschlands aushändigen. Er wußte zuviel über die Protestbewegung der BRD. Die Westdeutschen würden ihm anbieten, ihnen entweder als Spitzel zu dienen oder nach Uruguay zu fliegen, um in einer Strafanstalt mit dem paradoxen Namen *Libertad* zu verfaulen. Es war eine äußerst zutreffende Analyse. Genauso wie seine

Überlegung, daß er eine Trumpfkarte in der Hand hatte: Er kannte die wirkliche Identität Moreiras. Die chilenischen wie die deutschen Kommunisten wollten einen Mann, in den sie Geld, Vertrauen und Zeit investiert hatten, nicht ›verbrannt‹ sehen. Er sah eine Chance, mit Moreira direkt zu verhandeln, und bestellte ihn zu einem Treffen an einem offen einsehbaren Ort. Sein Vorschlag war einfach und direkt: Er würde weder die Geheimdiensttätigkeit noch die Identität Moreiras aufdecken und im Austausch dafür zwei Wochen in Ruhe gelassen werden. Zeit genug, um in irgendein skandinavisches Land zu gehen, das er nicht mehr verlassen würde. Während er all das noch einmal durchdachte, sah er, wie Moreira durch einen der beiden Eingänge des U-Bahnhofs Konstablerwache kam und wie verabredet auf dem Bahnsteig erschien. Was er nicht sah, war der Militante der PKK, der ihn in diesem Moment auf die Schienen vor die U-Bahn stieß.

»Erzähl mir von dir, Moreira. Was treibst du?«

»Ich vegetiere. Lese, scheiße, schlafe, und dann wieder von vorn. Ich habe verloren.«

»Die Partei hatte Vermögen.«

»Die Partei. Du kanntest unseren Finanzverwalter. Ein Kader. Ein hervorragender Genosse mit Ausbildung in der UdSSR und der DDR. Heute leitet er hier ein Transportunternehmen. Und das einzige Mal, als ich ihn besucht habe, um ihn um Hilfe zu bitten, betete er mir den Rosenkranz der Marktwirtschaft herunter: ›Gespenster-Arbeitsplätze lassen sich nicht herbeizaubern, Genosse. Ich verstehe deine Situation, aber ich bin nicht die Caritas, Genosse. Wir haben uns geirrt, Genosse. Also, um es ganz brüderlich auszudrücken, Genosse, meinetwegen verrecken Sie vor Hunger, aber verlassen Sie umgehend mein Büro, ehe ich die Polizei rufe.‹ Die Partei. Willst du wissen, was ich arbeite? Ich bin

Hausmeister, ein schönes Wort. Aber nicht Hausmeister in der Villa eines Lords, sondern in einem Kindergarten. Jeden Morgen muß ich saubermachen, den Ofen anzünden, die Schaukeln überprüfen, damit sich kein Kind den Hals bricht, die Rutsche polieren, Tische und Kinderstühle reparieren, Gardinen aufhängen, Schnuller und vergessene Scheren aufsammeln und nachmittags die vollgekackten Windeln zusammensuchen. Die Partei. Zwei Jahre lang habe ich von dem bißchen Geld gelebt, das ich mir der DDR mitgebracht hatte. Und später dann von dem Geld, das meine Frau verdiente. Um das Postfach bezahlen zu können, meinen Kontakt mit der Sache, mit Männern wie dir, Werner, mußte ich manchmal wochenlang bei Wasser und Brot verbringen. Die Partei. Einige, die früher an der Spitze standen, sind gut untergebracht, haben es zu Wohlstand gebracht. Einmal bin ich zu einem anderen, um ihn nach Arbeit zu fragen. Und weißt du, was er mich gefragt hat? ›Was für eine Ausbildung hast du, Genosse?‹ Meine Ausbildung: Geopolitik, historischer und dialektischer Materialismus, psychologische Kriegsführung, Sabotagetechnik, Spionageabwehr, von Clausewitz, Ho Chi Minh, die Geschichte des algerischen Widerstands, Tae Kwon Do. Lauter Gewichse. Meine Ausbildung reicht noch nicht mal für die Müllabfuhr. Die Partei. Sie existiert nicht. Alles war eine Farce, ein übler Betrug. Als die Russen uns 85 die Muttermilch entzogen, brach alles zusammen, und es begann das Rette-sich-wer-kann. Und für die gegenwärtigen Führungsleute sind Typen wie ich elende Abenteurer, die Verantwortlichen für das große Unglück, die Schuldigen für das Debakel. Die Partei. Prost.«

»Was für ein häßlicher Vortrag, Moreira. Ich hätte nie gedacht, daß eure Festung auf diese Art zusammenfallen würde. Nach den Russen, den Chinesen und den Italienern hattet ihr hier schließlich die Kommunistische Partei mit der viertbesten Organisationsstruktur dieses Planeten.«

»War doch alles Betrug. Soll ich noch 'ne Runde fertig machen?«

»Nein. Hast du es besorgt?«

»Den Rattentöter? Ja.«

Moreira ging ins Bad. Als er die Spiegelhalterung entfernte, sah er sein Spiegelbild und schämte sich. Er hatte sich als verzweifeltes Subjekt gezeigt, kurz davor, die Kontrolle über sich zu verlieren. Wozu konnte ein Mann in diesem Zustand gut sein? Er war nur noch Müll. Schnell entfernte er den Spiegel und bewegte mit Hilfe einer Zange den Ziegel, der die Öffnung zu einem Geheimfach versperrte.

Bevor er ins Wohnzimmer zurückging, trocknete er sich das Gesicht. Als er das in ein Handtuch gewickelte Bündel auf den Tisch legte, atmete er wieder zuversichtlich. So ganz am Ende war er doch noch nicht. Das hier war der Beweis.

Werner wickelte das Bündel aus.

»Glaubst du, daß ich nach Berlin zurückkehren könnte?«

»Colt, 9 mm. Eine exzellente Waffe. Und dieses Rohr, was zum Teufel ist das?«

»Kreolische Technik. Ein Schalldämpfer. Vor '73 haben wir mit der Produktion angefangen. Das System ist ganz simpel. In ein Stahlrohr werden innen spiralförmig Bleche aufgeschweißt, und zwar gegenläufig zur Richtung der Züge im Pistolenlauf. Der Knall wird so um 80% reduziert. Er wird von außen auf die Mündung gesetzt, und auch wenn er festsitzt, ist es ratsam, ihn mit einer Hand festzuhalten, damit der Rückstoß ihn nicht verzieht.«

»Bewundernswert. Und er funktioniert wirklich?«

»Ich hab dich noch nie reingelegt. Werner, gib mir eine Antwort auf meine Frage!«

»Berlin? Nicht dran zu denken. Ist dir nicht klar, welche Dimensionen die Hexenjagd angenommen hat, die sie dort entfesselt haben? Es würde nicht an Leuten mangeln, die dich wiedererkennen würden. Und momentan ist es noch so, daß jede Denunziation den demokratischen Stammbaum des Denunzianten belegt.«

»Aber es gibt dort Genossen, die mir unter die Arme greifen könnten.«

»Vergiß sie. Sie sind gerade dabei, sich gegenseitig zu verraten. Es ist eine Art des Überlebens, und du solltest wissen, daß die Deutschen Weltmeister in dieser Disziplin sind. Am Ende des Zweiten Weltkriegs verriet ein Nachbar den andern für eine Tafel Schokolade oder Zigaretten. Heute tun wir es für Autos, Urlaub in Torremolinos, Arbeit.«

»Ich kann das nicht glauben. Es waren Tausende, Hunderttausende von Genossen. Ich seh' sie noch vor mir, wie sie mit erhobener Faust defilierten, die Fackeln, die Blauhemden der FDJ. Ich war dabei. Es ist unmöglich, daß sich der Antikommunismus so leicht hat durchsetzen können.«

»Das existiert alles nicht mehr. Es gibt keinen Kommunismus, also kann es auch keinen Antikommunismus geben. Heutzutage sind wir alle Anti-DDR. Verstehst du nicht? Alles, was wir als DDR gemacht haben, war schlecht, pervers, verfault, beschämend. 40 Jahre lang haben wir uns von Abfall ernährt. Wir haben uns mit Lumpen bekleidet, mit Geschlechtskranken gevögelt und Kretins gezeugt. Aber das war einmal. Und jetzt, mit der kleinen Gegenleistung einer aufrechten Denunziation, vergibt uns der Westen. Er erlöst uns und steckt uns in einen Uterus mit Klimaanlage. Unsere Nabelschnur wird mit einer Dose Coca Cola verbunden, und schon erblicken wir durch die Vagina von Mutter Mercedes das Licht der Welt. Halleluja, Moreira. Wir sind neu geboren.«

»Das meinst du nicht im Ernst, Werner. Glaubst du, ich bin blöd? Du willst mich provozieren, mich prüfen. Ich bin doch kein Idiot. Du suchst hier etwas Bestimmtes, Werner. Aus einem bestimmten Grund hast du den Schlüssel zum Schließfach aufgehoben. Du bist mit einem bestimmten Auftrag gekommen, und du brauchst mich. Wie in den alten Zeiten.«

»Genau. Hast du sie gut durchgesehen?«

»Sie funktioniert hundertprozentig. Sie schätzen mich also doch noch, nicht wahr?«

»Du bist unser Mann auf der anderen Seite des Atlantiks. Verbinde mir die Augen, wie in den alten Zeiten.«

Moreira gehorchte. Und um zu überprüfen, ob das Tuch auch wirklich gut saß, täuschte er einen Faustschlag vor, den er nur wenige Zentimeter vor dem verbundenen Kopf abstoppte. Der Deutsche zeigte keinerlei Reaktion.

»Nimm sie auseinander, Moreira.«

Mit präzisen Bewegungen entfernte Moreira das Magazin, löste den Sicherheitshebel. Mit einer Hand fing er die Rückholfeder des Verschlusses auf, entfernte den Lauf vom Griffstück, und innerhalb weniger Sekunden war die Pistole in ein Puzzle verstreuter Einzelteile verwandelt.

»Fertig, Werner. Fang an.«

»Stopp die Zeit, Moreira.«

Die Hände des Deutschen bewegten sich wie zwei Automaten: schnell, präzise. Jeder Finger erfüllte eine bestimmte Aufgabe, indem er ein Teil entweder stützte oder bewegte. Und sie ruhten nicht eher, ehe die Pistole nicht ihre definitive und tödliche Form wiedergewonnen hatte, mit einer Kugel im Patronenlager des Laufs.

»Zeit.«

»Eine Minute und fünf Sekunden. Nicht schlecht, Werner.«

»Ich werde alt. Früher habe ich das immer unter einer Minute geschafft. Laß uns sehen, wie du das hinkriegst.«

»Sie müssen mir eine Chance geben. Die Inaktivität macht mich verrückt. Nie habe ich sie enttäuscht. Du weißt das am besten, Werner.«

Der Deutsche verband ihm die Augen, wobei er sich ebenfalls von der vorübergehenden vollständigen Blindheit überzeugte und ihn sorgfältig beobachtete.

»Ein Militärkader übersteht jede Situation. Das mit dem Verrücktwerden klingt nicht sehr konsequent, Moreira.«

»Ich weiß. Und deshalb habe ich Angst.«

»Ich habe etwas für dich, Moreira. Du wirst eine lange Reise machen. Nein, laß das Tuch auf den Augen. Ich möchte sehen, ob du in Form bist.«

»Ich wußte es. Gleich, als ich deine Nachricht gesehen hatte, wußte ich, daß sie mich nicht hängen lassen. Misch die Teile gut durcheinander. Ich war immer der beste bei diesem Spiel.«

Aber Frank Galinsky nahm die Pistole nicht auseinander. Er setzte den Schalldämpfer aus kreolischer Produktion auf und zielte auf den Kopf des Mannes mit verbundenen Augen.

Der Schuß traf Moreira zwischen die Augen, und er fiel mitsamt Stuhl und allem hintenüber. Auf dem Boden gelang es ihm noch, sich das Tuch zu entfernen, das seine Augen bedeckte. Aber aus dieser erniedrigenden Position konnte er den auf der anderen Seite des Tisches sitzenden Deutschen nicht sehen. Das letzte, was er sah, war die zynische Fratze des Nußknackers aus Sachsen.

3

FEUERLAND: VERTRAULICHES

Der Alte streifte sich das Oberteil seines ölverschmierten Blaumanns ab und setzte sich auf sein Bett, damit Griselda ihm das Unterteil entfernen konnte. Dann streckte er sich aus und betrachtete die Decke aus neuen Zinkplatten, die das Funkeln der Lampe in verschiedenen Tönen reflektierten. Die Frau fragte ihn, ob er sein Nachthemd anziehen wolle, und der Alte antwortete, daß er lieber so bliebe wie er gerade war, bekleidet mit langer Unterhose und einem Flanellhemd – Kleidungsstücke, die durch das dauernde Schwitzen den gleichen aschgrauen Farbton angenommen hatten wie sein Haar. Auf dem Bett liegend ließ er aus dem Rachen ein undefinierbares Seufzen vernehmen, wie es alten Männern eigen ist, die Schmerzempfinden und Sprechen nicht mehr eindeutig auseinander halten können.

»Geht es Ihnen nicht gut, *Don* Franz?« fragte die Frau.

»Nur ein bißchen müde. Und überhaupt, was geht Sie das denn an, aufdringliches Geschöpf?«

»Das kommt von Ihrem Starrsinn. Am Ende des Sommers das Dach auszuwechseln, und alles, ohne sich von irgend jemandem helfen zu lassen. Ich kann immer noch nicht verstehen, warum Sie das gemacht haben.

Das andere Dach, das aus den Bartgras-Blättern, war doch viel besser. Mit den Zinkplatten werden Sie noch erfrieren.«

»Unsinn. Bald wird der Schnee fallen und dann alles viel warm. Die Eskimos leben in Hütten aus Eis. Wissen Sie, was Eskimos sind? Ach, was wird sie schon wissen, verrückte Alte.«

»Sie sind ein Verrückter, wie alle Gringos. Und decken Sie sich zu, man kann ja Ihre intimen Teile sehen.«

»Wenn du nicht Knöpfe nähen, der Schniepel kommt raus. Das ist nicht meine Schuld. Und wenn der Schniepel stört, guck andere Sache, alte Saufnase. Was hat sie zu essen gemacht?«

»Hühnersuppe. Sie wissen ja, daß Sie abends nichts Schwerverdauliches essen sollen. Das hat Ihnen der Doktor Aguirre gesagt.«

»Humbug. Idiotensuppen. Was weiß schon dieser Tierarzt? Ich möchte kauen, verstehen? Da draußen gibt es noch Rippchen von ... wie heißt noch gleich das Schaf mit Hörnern, das Jacinto gebracht hat?«

»Ziege, Don Franz. Ein Zicklein. Jacinto hat Ziegenrippchen gebracht. Es ist unglaublich, daß Sie nach so vielen Jahren immer noch nicht gelernt haben, wie ein ordentlicher Christenmensch zu sprechen.«

»Ich spreche Kastilien besser als du, altes Krummbein. Mach einen Braten und Musik. Viel Musik.«

»Wie Sie wünschen. Ich werde Ihnen ein Stück ›gehörntes Schaf‹ braten. Aber beschweren Sie sich dann später nicht, daß Ihnen die Lunge pfeift.«

Vom Bett aus sah der alte Franz, wie Griselda zunächst das bestickte Tuch entfernte, das auf dem Musikkasten lag. Dann hob die Frau den Holzdeckel, drehte die Kurbel des Grammophons, nahm aus einem Schrank einen Stapel Schellackplatten und wählte daraus die Lieblingsplatte des Alten aus. Der Tonarm fiel mit der Nadel auf die Rillen, und der Raum füllte sich zunächst mit einem Geräusch wie von winzigen, gefräßigen und nagenden Zähnen, die dabei waren, auf Teufel-komm-raus ein Loch in der Zeit zu öffnen. Als sie es geschafft hatten, ließen sie eine männliche Stimme durchschimmern, die, schwankend zwischen Melancholie und Unlust, ein Lied sang, das eher zum Marschieren einlud als dazu, das Tanzbein zu schwingen. Griselda verstand kein einziges Wort von dem, was der Mann da sang. Aber sie spürte, daß diese brüchige Stimme im imaginären Heimatland des Alten offensichtlich große Leidenschaften weckte. Immer wenn sie die Platte hörte, schloß sie, das müsse die Stimme der Steuermänner auf hoher See sein.

Die Frau schürte das Feuer. Mit einer kurzstieligen Schaufel teilte sie die Glut in zwei Haufen, die sie unter den Grill plazierte. Dann ging sie nach draußen in die klare Oktobernacht. Wie immer bekreuzigte sie sich unter den Tausenden von Sternen, die die Seelen der Schiffbrüchigen hüteten, und schnitt ein ordentliches Rippenstück aus dem Zicklein, das an einem Draht aufgehängt war. Dann ging sie in die Wohnung zurück, warf das Fleisch auf den Grill und würzte es mit Steinsalz und getrockneten Rosmarin-Zweigen. Vom Bett aus rief ihr der Alte zu, daß sie das Fett knusprig rösten, ihm ein Glas Wein bringen und die Platte umdrehen solle.

Griselda grillte das Fleisch fertig, und als sie zu dem Alten zurückkehrte, sah sie, daß er die Augen geschlossen hatte. Dabei lag ein Ausdruck aufrichtiger Zufriedenheit auf seinem Gesicht, wie sie ihn nie zuvor bei ihm gesehen hatte.

»Der Braten ist fertig. Kommen Sie an den Tisch.«

»Bring mir das hierher. Ich werde im Bett essen.«

»Sie werden das Bettlaken schmutzig machen, Don Franz.«

»Laß mein Bett in Ruhe, und ich laß dich zwischen deinen Beinen in Ruhe. Oder etwa nicht, geile Alte?«

»Werden Sie nicht grob, Don Franz. Sonst gehe ich.«

»Ist doch nur ein Scherz, alte Eselin. Ich komm sowieso nicht mehr auf Trab. Der arme Schniepel dient nur noch zum Pinkeln, und selbst das fällt ihm manchmal schwer. Bring den Braten und trink einen Wein mit mir, alte Glukke.«

Der Alte aß mit beneidenswertem Appetit. Eins nach dem anderen verschlang er die goldbraunen Rippchen, und trotz der vorwurfsvollen Blicke von Griselda wischte er sich die fettigen Finger am Bettlaken ab. Er trank drei Gläser Wein und war schon ein bißchen beschwipst, als er der Frau auftrug, ihm noch ein Glas zu bringen und die Platte noch mal umzudrehen.

Griselda gehorchte. Sie zog erneut die Kurbel des Grammophons auf, drehte die Platte um, warf ein paar Holzscheite ins Kaminfeuer, und als sie zu dem Alten zurückkehrte, hörte sie ihn den Refrain mitsummen.

»*Auf der Reeperbahn nachts um halb eins...* Weißt du, wer da singt, alte Patagonierin?«

»Wie soll ich das wissen, Don Franz?«

»Hans Albers. Ein Typ wie Carlito Gardel. Die Frauen machten sich naß, wenn sie ihn nur sahen.«

»Und wovon singt er in dem Lied, Don Franz?«

»Von einer Straße in Hamburg, wo es mehr Nutten gibt als hier Schafe. Eine schöne Straße. Eine wunderschöne Straße.«

»Sie sind sehr seltsam, Don Franz. Und ein Schwein. Es wird besser sein, wenn Sie keinen Wein mehr trinken.«

»Ist doch nur ein Scherz, alte Schnauzbärtige. Trink auch noch einen Wein. Wir müssen miteinander sprechen, aber zuerst sag mir noch mal, was dein Sohn gesagt hat.«

»Noch mal? Ich hab es Ihnen schon zwanzig Mal erzählt.«

»Egal. Erzähl es noch mal, alter Papagei.«

Griselda strich ihre Schürze glatt. Dann trank sie einen Schluck Wein und wiederholte noch einmal, daß zum Postamt von Punta Arenas, wo ihr Sohn arbeitete, ein Ausländer gekommen war, der nach der Poststelle Nummer 5 von Feuerland gefragt hatte. Und daß der Ausländer nach einem gewissen Hillaman, oder Halmann – da war sie sich nicht ganz sicher – gefragt hatte.

»Hillermann, alte taube Nuß. Hillermann.«

»Kann sein. Hier bei uns haben alle Namen wie ordentliche Christenmenschen. Warum interessiert Sie das überhaupt so? Der Fremde hat Ihren Namen doch nicht erwähnt. Mein Sohn antwortete ihm, daß er viele Gringos kenne, aber keinen mit diesem Namen.«

»Die Platte, alte Spielverderberin.«

Griselda gehorchte wieder. Anschließend ging sie von der Musiktruhe zum Kamin, um die Teekanne in die Glut zu hängen. Während sie die Mate-Kräuter wechselte, indem sie die Kürbisschale ausleerte, wandte sie sich dem Bett zu. Der Alte lag wieder auf dem Rücken und betrachtete die glänzenden Platten seines Dachs.

»Sie sind schon seltsam, diese Gringos«, dachte Griselda. »Da hat er sich doch tatsächlich ein Dach auf sein Haus gesetzt, wie man es normalerweise im Stall hat.« Der Alte zeigte ihr sein leeres Glas.

»Griselda, ist es kalt draußen?«

»Es fängt an. Die Meerenge hat schon ihre dunkelblaue Farbe angenommen, und gerade heute hab ich zwei Trappen Richtung Norden fliegen sehen.«

»Wieviel Jahre kennst du mich jetzt schon, verrücktes altes Huhn?«

»Zwanzig? Oder vielleicht mehr? Ich war gerade Witwe geworden, als Sie kamen, um die Maschinen im Sägewerk zu reparieren. Vor etwa 20 Jahren muß das gewesen sein.«

»Hör zu, alte Eselin, und widersprich mir nicht. Wenn ich eines Tages sterben sollte, gehört alles dies hier, das

Haus, die Schafe, das Grundstück, dir. Der Notar von Porvenir weiß Bescheid. Doktor Aguirre ebenfalls. Alles deins, also paß auf, daß sie dich nicht bestehlen, alte Schreckschraube. Das Pferd gehört deinem Sohn. Du würdest dem armen Klepper ja kein Stroh besorgen. Bei dir würde er verhungern. Jeden Tag immer nur Suppe. Kapiert?«

»Sagen Sie nicht solche Sachen, Don Franz. Es bringt Unglück, wenn das Lama sein Fell verteilt, bevor der Kondor es ihm abgerissen hat.«

»Keine Diskussionen. Alles deins. Aber ich stelle eine Bedingung: Du darfst das Haus nie verkaufen oder abreißen. Und auch nicht das Dach wechseln. Das Haus ist mein Denkmal. Wenn du einmal stirbst, vermachst du es deinem Sohn. Der soll damit machen, was er will.«

»Sie machen mir Angst, Don Franz. Ich hoffe, daß Sie keine schmutzigen Geheimnisse haben wie Don Walter Rauff, der Herr aus Punta Arenas. Damals sind viele gekommen, die ihn mit Gewalt mitnehmen wollten. Man sagt, es waren Juden, die in U-Booten gekommen sind. Damals gab es sogar ein paar Tote.«

»Aber sie haben ihn nicht gekriegt. Eine miese Geschichte.«

Der Alte befahl der Frau, die Platte erneut umzudrehen. Als er es sich im Bett wieder bequem gemacht hatte, zündete er seine Pfeife an. Er lächelte still vor sich hin, als er einen pikanten Geschmack entdeckte, der sich mit dem aromatischen Geschmack des dänischen Tabaks vermischte. Das war die schützende Hand von Griselda, die ihm insgeheim Stückchen von Pferdemist in die Dose schmuggelte. Wie alle Leute aus Patagonien und Feuerland schrieb Griselda dem Pferdemist große antirheumatische Heilkräfte zu. Und wenn sie ihn nicht in den Tabak mischte, brachte sie die Stückchen im Mate-Tee unter.

Während er rauchte, schaute sich der Alte mit nostalgisch verweilendem Blick die Gegenstände an, die ihn seit mehr als 20 Jahren begleiteten. Die meisten, wie das Haus selbst auch, verdankten sich seinem Einfallsreichtum und der Geschicklichkeit seiner Hände. Das Haus war ein großräumiges Schiff, das er aus den Resten eines Yankee-Seglers konstruiert hatte, der in den Riffs von Kap Cameron gekentert war. Gute Edelhölzer aus Oregon mitsamt den entsprechenden Verbindungsteilen dienten als Wände, und die Decksplanken, von den Wellen sämtlicher Meere geschliffen, als behaglich warmer Fußboden. Die Wohnung umfaßte rund 70 Quadratmeter. Der Haupteingang lag nach Südwesten und schaute auf die Inútil-Bucht, der Hintereingang nach Nordosten mit Blick auf die Höhen des Boquerón. Eine Trennwand, die aus den Segeln des unglücklichen Segelschiffes gebaut war, trennte die Vorratskammer von der Wohnung, in der ein aus Steinplatten gefertigter Kamin, groß wie ein Pferd, von gemütlichen Wintern erzählte, wenn draußen alles von Schnee bedeckt war. Im hinteren Teil führte ein aus massiven Hölzern gefertigter Weg, der von Apfelbäumen umsäumt war, zur Toilette. Er besaß eines der besten Häuser in der Gegend, jetzt zudem noch ausgestattet mit einem neuen Dach aus glänzenden Zinkplatten. Der Alte zeigte den Anflug eines Lächelns, als er fühlte, wie er dabei war, ohne das geringste Zeichen von Pein davon Abschied zu nehmen.

»Kommt nur her, Dreckskerle. Ihr werdet fast, bis auf Haaresbreite, rankommen an das, was ihr sucht, aber ihr werdet es nicht finden. Euresgleichen ist schließlich nichts anderes gewohnt, als in den Kloaken zu wühlen«, murmelte er in seiner Muttersprache vor sich hin. Dabei bemerkte er, wie die Frau einnickte.

»Griselda.«

Sie antwortete nicht. Sie war im Sitzen eingeschlafen und hielt ihre Hände im Schoß gefaltet. Ja, seit 20 Jahren kannte er sie schon. Oder länger. Er erinnerte sich noch gut an die Zeit, als er die Nase voll hatte von dem Leben in der Art eines alten Kormorans am Südkap der Insel Navarino und entschieden hatte, daß er sich jetzt lange genug versteckt hatte, daß der lästige, in einer Metallkiste aufbewahrte Schatz nur noch eine störende Ironie des Schicksals war, und sich auf Feuerland niederließ, um als Mechaniker im Sägewerk von Lago Vergara zu arbeiten.

Niemand in Feuerland stellte – und stellt – Fragen. Jeder Fremde, der bis zu diesen Gefilden vordringt, tut dies, um anderen, anderem oder sich selbst zu entkommen. In diesen Breitengraden existiert keine Vergangenheit.

Zwei Jahre lang lebte er im Sägewerk, unter Edelmännern und Gesetzesflüchtigen, bis er eines Tages beim Spaziergang in der Inútil-Bucht die Reste des Segelschiffes entdeckte. Die robuste Beschaffenheit des Holzes schien ihm ein Fingerzeig, daß es an der Zeit war, ein Haus zu bauen. Irgend jemand sagte ihm damals, die Einsamkeit sei ein schlechter Begleiter, und erwähnte dabei Griselda, die Witwe von Abel Echeverría, einem Meeresfrüchte-Taucher, der eines unheilvollen Morgens zu den Muschelbänken des Fjords Almirantazgo hinabstieg und drei Monate später, 30 Seemeilen weiter südlich und eingehüllt in eine halbe Tonne Eis wieder an der Oberfläche auftauchte. Dort fand ihn Nilssen, ein alter Seebär, der mit seinem inzwischen schon legendären Kutter *Finisterre* auf den südlichen Meeren herumkreuzte. Nilssen und sein Kompagnon, ein riesenhafter Kerl der allgemein *der kleine Peter* genannt wurde, zogen ihn im Schlepptau bis Puerto Nuevo, wo man ihn, da es Winter war, im selben Eissarg bestattete, in dem sie ihn gefunden hatten.

Es kostete den alten Franz ein paar Jahre, den Widerstand der Witwe zu brechen. Und als er sie in einer kurzen Sommernacht endlich dazu brachte, ihn in ihren Bettlaken zu akzeptieren, entdeckten sie, daß ihrer beider Leben zu stark von Erinnerungen geprägt war, die zum Schweigen verpflichteten. Das einzige, was sie deshalb gemeinsam angehen konnten, war der Versuch, neue Erinnerungen zu stricken. Erinnerungen, die frei waren vom Ballast der Entfernung und die im Fall des Zustandekommens den wärmsten Schlupfwinkel bieten können. Weil das aber viel Zeit beansprucht, entschieden sie sich für eine Beziehung zwischen alleinstehendem Gringo und Haushälterin, die die Frau dadurch legitimierte, daß sie ihn unverändert siezte.

»Griselda, altes Nilpferd!«

»Ja, Don Franz ..., entschuldigen Sie. Anscheinend bin ich eingeschlafen.«

»Sieh mal einer an. Sie sieht meinen Schniepel, und schon will sie sich in mein Bett legen.«

»Sie sind unverbesserlich, Don Franz. Ich gehe jetzt wohl besser. Morgen wechsle ich Ihnen die Bettwäsche. Sehen Sie nur, was für Fettflecken Sie gemacht haben.«

»Ist es kalt draußen?«

»Ja. Ich hab Ihnen doch schon gesagt, daß die Meerenge bereits eine andere Farbe hat. Bald werden wir den ersten Nachtfrost haben.«

»Armes Vogelvieh.«

»Vogelvieh? Was für Vogelvieh?«

»Die Aasgeier. Als ich draußen auf dem Weg war, habe ich zwei kreisen sehen, und als ich zurückkam, habe ich noch mal mehrere gesehen. Sie werden bestimmt frieren dort oben.«

»Ich lasse Ihnen den Teekessel auf dem Feuer und den Mate vorbereitet.«

Bevor sie ging, zog die Frau sich einen dicken Poncho über und bedeckte ihren Kopf mit einer Wollmütze. Sie wünschte ihm eine gute Nacht und legte noch ein paar Holzscheite in den Kamin. Dann schloß sie die Tür hinter sich.

Der Alte hörte das freudige Kläffen von Griseldas Hund. Er stand auf, ging zum Fenster und hoffte zu sehen, wie sie sich auf der sanftmütigen gescheckten Stute entfernte. Aber das Fensterglas zeigte ihm nur den Reflex seines eigenen müden Antlitzes.

Hans Hillermann schenkte sich ein neues Glas Wein ein. Er hängte sich eine Felljacke über die Schultern, zog sich einen Stuhl heran und setzte sich vor den Kamin. Aus einer Jackentasche zog er den Brief hervor, den er vor sieben Tagen erhalten hatte. Er las ihn ein letztes Mal und warf ihn dann in die Flammen.

»Sie sind angekommen, Ulrich. Danke für deine Warnung. Ich weiß nicht, wie viele es sind, aber sie sind angekommen. Prost. Wie schade, Ulrich, daß du nie dazu gekommen bist, den chilenischen Wein zu kosten. Er ist dick und dunkel wie die Nacht in Deutschland. Prost, mein Freund. Mehr als 40 Jahre lang habe ich auf dich gewartet. Ich hätte diese glänzende Scheiße einschmelzen und nach Gewicht verkaufen können. Aber ich habe es vorgezogen, auf dich zu warten. Im Vertrauen darauf, daß du eines verfluchten Tages erscheinen würdest. Wie schön wäre es gewesen, bei einer Flasche Wein gemeinsam an der Magellanstraße zu sitzen und zu plaudern und unser unnützes Vermögen dabei den Wellen preiszugeben. Es war ein schöner Traum, Ulrich, wunderschön. Und es wäre nicht das erste Mal gewesen, daß die Katze es schafft, dem Koch eine Bulette zu stibitzen – die ganze Kuh allerdings nie. Prost, Ulrich. In deinem Namen werde ich ihnen noch eins auswischen.«

Hans Hillermann stand auf und ging zu dem Wandschrank, wo er Wein und Tabak aufbewahrte. Er nahm das doppelläufige Gewehr und zwei Patronen heraus. Dann ging er zu der Musiktruhe, kurbelte das Grammophon an und setzte die Nadel auf die Tonrillen.

»*Auf der Reeperbahn nachts um halb eins...* «, summte er, brachte dann aber kein weiteres Wort mehr heraus, da genau in diesem Moment sein rechter Zeigefinger die beiden Abzugshähne auslöste. Hans Albers sang allein weiter, und ein paar Blutflecken bespritzten die glänzenden Zinkplatten.

4

SANTIAGO DE CHILE: DINGE, DIE DAS LEBEN SCHREIBT

Um neun Uhr morgens brannte die Sonne erbarmungslos auf den Flughafen von Santiago de Chile. Wahnsinn. Nach 16 Jahren Herumtingeln in der Weltgeschichte hatte ich erstmals wieder chilenischen Boden unter den Füßen. Warum bist du nicht mit mir gekommen, Verónica? Warum hat uns keine Hexe den Zaubertrank verkauft, um in die Zukunft sehen zu können? Warum hat sich jener Fieberwahn dieser so unerklärlichen Sache, die wir Konsequentsein nennen, zwischen unsere Liebe gestellt, um uns an verschiedene Fronten zu versetzen? Warum war ich nur so blöd? Warum?

»Belmonte, Juan Belmonte«, sagte der Interpolbeamte, als er meinen Paß betrachtete.

»Ja, das ist mein Name. Und?«

»Nein, nichts. Wir haben jetzt demokratische Verhältnisse. Alles in Ordnung.«

»Also was dann?«

»Es ist nur, Sie haben den gleichen Namen wie ein berühmter Torero. Wußten Sie das?«

»Nein, es ist das erste Mal, daß ich das höre.«

»Das muß man gelesen haben. Belmonte war ein großartiger Stierkämpfer. Donnerwetter, Sie sind ja schon viele Jahre nicht in Chile gewesen.«

»So ist es. Ich bin Gewohnheitstourist, und auf der Erde wimmelt es von interessanten Plätzen.«

»Es interessiert mich nicht, was Sie im Ausland gemacht haben und warum Sie ausgereist sind. Ich möchte Ihnen aber einen Rat geben, und das kostenlos: Dies ist nicht mehr das Land, das Sie seinerzeit verlassen haben. Die Dinge haben sich zum Besseren verändert. Versuchen Sie also nicht, Ärger zu machen. Wir leben hier jetzt in einer Demokratie, und alle sind zufrieden.«

Der Typ hatte Recht. Das Land befand sich in der Demokratie. Er versuchte gar nicht erst zu sagen, daß sie – oder man – die Demokratie wieder errungen hätten. Nein. Chile ›war‹ einfach in der Demokratie, was bedeutete, daß es auf dem rechten Wege war und jede unbequeme Frage es wieder davon abbringen konnte.

Vielleicht hatte genau dieser Typ hier einen Teil seiner Karriere in Gefängnissen absolviert, die nie existiert hatten oder an deren Standorte man sich unmöglich erinnern konnte. Vielleicht hatte er dort Frauen, Alte, Kinder und Erwachsene verhört, die nie verhaftet worden waren und an deren Züge man sich unmöglich erinnern konnte. Denn als die Demokratie ihre Beine spreizte, um Chile einzulassen, verlangte sie zuerst ihren Preis. Bezahlt werden mußte in einer Währung, die *Vergessen* heißt.

Vielleicht war genau dieser Typ, der sich jetzt herausnahm, mir den guten Rat mit auf den Weg zu geben, hier keinen Ärger zu machen, einer von denen, die sich seinerzeit an den Qualen Verónicas weideten. An den Qualen deines Körpers und deiner Seele, Liebste. Und der jetzt die Ruhe der Sieger genießt; denn sie haben uns besiegt, meine Liebe. Haushoch haben sie uns geschlagen. Und nicht mal den tröstlichen Glauben, wir hätten im Kampf für die bessere Sache verloren, haben sie uns gegönnt.

Und da man schließlich nicht dem erstbesten Hurensohn einfach so an die Gurgel springen kann, entschloß ich mich, die Polizeikontrolle schnell hinter mich zu bringen. Den Instruktionen Kramers folgend, begab ich mich sofort, kaum daß ich die Kontrolle verlassen hatte, zum Schalter der Inlandsflüge. Dort händigte man mir die Karten für den Weiterflug nach Punta Arenas aus. Ich hatte noch zwei Stunden Zeit. Also gab ich die Reisetasche auf und verließ das Gebäude, um erneut auf die Hitze zu stoßen.

Der Flughafen ist von einem Park voller Nadelbäume umgeben. Ich kaufte auf Verdacht eine Tageszeitung und suchte mir ein schattiges Plätzchen. Von dort aus beobachtete ich den Lauf der Sonne und blickte nach Süden. Hier, an irgendeinem Punkt in dieser Richtung, lebte Verónica. Fast war ich erleichtert, daß ich das Ticket nach Punta Arenas in der Tasche hatte. Zu sehr begehrte und fürchtete ich unser Wiedertreffen.

Ich schlug die Zeitung auf. Die Meldungen drehten sich um die Schwierigkeiten der chilenischen Nationalelf, den Exportanstieg und die Zufriedenheit, die die Touristen zum Ausdruck brachten, wenn sie den Sommer in den Küstenbädern verbrachten. Zwischen den Textteilen stachen Fotos von lächelnden Individuen ins Auge, Triumphatoren, Herren der Zukunft. Ich erkannte einige Ex-Führer der revolutionären Linken in gutgeschnittenen Anzügen und Design-Krawatten. Sie waren mir gleichgültig. Schließlich bin ich immer noch abgehärtet genug, so daß der Ekel mich nicht jedesmal gleich aus der Fassung bringt. Aber beim Anblick des Fotos von dem Mann mit den starr geöffneten Augen und dem Loch mitten in der Stirn bin ich, glaube ich, aufgesprungen. Der Text sprach von einem Verbrechen:

»In der Straße Ureta Cox 26, Appartement 3 C, wurde der berufslose Bonifacio Prado Cifuentes (45), verheiratet, tot in seiner Wohnung aufgefunden. Prado Cifuentes wurde durch einen aus kurzer Distanz abgegebenen Schuß getötet. Nach Angaben der Mordkommission war Prado Cifuentes bereits 48 Stunden tot, ehe er von seiner Ehefrau, Marcia Sandoval, von der er getrennt lebte, gefunden wurde. Von der Polizei befragt, erklärten die Wohnungsnachbarn, daß sie keinerlei Kampfgeräusche, geschweige denn Schüsse, in der Wohnung des Verblichenen gehört hätten. Prado Cifuentes arbeitete als Hausmeister in einem Kindergarten in der Gemeinde von San Miguel. Seine Arbeitskollegen beschreiben ihn als einen Mann zurückhaltenden Charakters...«

Wie das Leben manchmal spielt. Jahrelang hatte ich mir gewünscht, jenen Hurensohn zu treffen, von dem ich nur seinen Decknamen kannte: ›Galo‹. ›Hauptmann Galo‹. Und jetzt, eine knappe halbe Stunde in Chile, lieferte ihn mir eine Zeitung mit einem Loch zwischen den Augen und seiner vollen Identität.

Ich hatte ihn von der schlechtesten Seite kennengelernt, Anfang der 80er in Nicaragua. Als Internationalisten der Brigade Simón Bolívar hatten wir von der Ankunft eines

Kontingents von Chilenen und Argentiniern erfahren. Typen, die auf Militärakademien in der UdSSR, Kuba und anderen sozialistischen Staaten ausgebildet worden waren und jetzt, kaum war der letzte Schuß gegen die Nationalgarde von Somoza verhallt, in Nicaragua auftauchten, um sich an die Arbeit der ideologischen Säuberung zu machen. Wir hatten keine Angst vor ihnen und machten uns keine großen Sorgen. Wahrscheinlich hatten uns die Nicas mit ihrer furchtlosen Einfach-Drauf-Kultur angesteckt: Typen, die nicht selbst am Tanz teilgenommen hatten, hatten auch kein Recht, auf unserer Seite mitzuspielen. Sie selbst sahen das allerdings anders.

Eines Nachts im Januar 1980 fingen mich fünf Maskierte in der Nähe meiner Wohnung ab. Den kleinsten Versuch von Widerstand beantworteten sie mit Kolbenschlägen ihrer einwandfreien, blitzsauberen Kalaschnikows jener Baureihe, aus der kein einziger Schuß gegen die Garde von Somoza abgegeben worden war. Ich erinnere mich noch daran, daß ich das Bewußtsein verlor, als sie mich auf dem Boden eines Jeeps in der Mangel hatten. Als ich dann wieder die Augen öffnete, befand ich mich gerädert und nackt in einem leeren Zimmer. Die Gorillas verstanden ihr Handwerk. Sie wußten genau, daß das Opfer beim Aufwachen aus dem vierten oder fünften K.O. jeden Zeitbegriff verloren hat und nicht weiß, wo es sich befindet. Allerdings war mir jenes Zimmer sehr gut bekannt. Dann erschien Galo.

Er ordnete an, daß man mich, mit den Händen vorn an die Füße gefesselt, auf einen Stuhl setzte. »Bürokraten-Papageienschaukel« nannten wir diese Position unter uns.

Es war nicht gerade die bequemste Sitzposition, zumal ich an dem Bedürfnis, meinen Körper nach unten durchzubiegen und so in die unter diesen Umständen erträglichste Position zu bringen, von einem Gorilla gehindert wurde, der mich die ganze Zeit an den Haaren nach oben zerrte. Galo setzte sich mit unverhülltem Gesicht mir gegenüber.

»Schau mir ins Gesicht. Ich bin Hauptmann Galo, und wir werden jetzt eine längere Unterhaltung haben. Name und Nationalität.«

»Kolonnenführer Iván Leiva. Nicaraguaner. Deine Männer haben meine Papiere.«

»Damit wisch ich mir den Arsch ab. Du bist Chilene. Infiltriert, um den revolutionären Prozeß zu destabilisieren. Du arbeitest für die CIA.«

»Paranoider Kommunist! Das beweis' mir mal. Und wenn du mich verwirren willst, dann bestell deinen Gorillas, daß sie mich woanders hinbringen sollen. Diesen Raum kenne ich sehr gut. Ich weiß genau, wo wir sind: im Bunker nämlich. Genau in diesem Raum haben wir nach dem Triumph ein paar ›Spitzel‹ abgeurteilt. Weißt du überhaupt, wovon ich rede? In Nicaragua hat es einen Aufstand gegeben.«

Zwei Wochen lang blieben die Fußtritte dieselben, während die Kategorie der Anschuldigungen ständig wechselte: Vom CIA-Agenten stieg ich zum Provokateur ab. Von da zum Trotzkisten, dann zum Anarchisten, und am Ende bestand meine große Sünde darin, gemeinsam mit Chato Peredo in Bolivien gekämpft zu haben. Die dritte Woche im Bunker hatte gerade begonnen, als der Zufall es wollte, daß mich ein sandinistischer Kommandant dort entdeckte.

»Aber, Bruder! Was machst du denn hier, noch dazu nackt?«

»Das mußt du Galo fragen.«

Er holte mich raus und verfluchte dabei laut die Gorillas in ihren untadeligen Uniformen, worauf diese nur mit zakkigem Hackenzusammenschlagen und zum Herzen erhobener Faust antworteten. Als wir durch die zerstörten Straßen

Managuas gingen, informierte mich der Sandinist über Galos Arbeit.

»Sie haben sich sämtliche Genossen der Brigade Simón Bolívar geschnappt, sie entwaffnet, verhaftet und ihnen den Prozeß gemacht. Das heißt, was sie so unter Prozeß verstehen. Die Brigade existiert nicht mehr, Bruder. Zu unserem Bedauern, aber Politik besteht schließlich in der Kunst des Verhandelns, und die Kubaner stellen so ihre Forderungen. Du verstehst?«

Ich verstand. Und weil ich verstand, mußte ich auf meine erst kürzlich erworbene nicaraguanische Staatsangehörigkeit, meine neue Identität, verzichten. Ich mußte wieder Chilene werden, Juan Belmonte, und nach Zentralamerika ausreisen. Aber zumindest bin ich noch in der Lage, das zu erzählen. Andere hatten nicht dasselbe Glück und sind in den Kerkern Argentiniens, Paraguays oder Uruguays verschwunden. Galo hatte dafür gesorgt, daß sie in ihre Heimatländer zurückgeschickt wurden.

Ich begann, Sympathien für den Mörder von Galo zu empfinden, als mich plötzlich ein Detail in der Zeitung beunruhigte. Außer dem Foto, das sein Gesicht in Großaufnahme zeigte, gab es noch eine Gesamtaufnahme des Zimmers, auf dem der ganze Körper neben einem umgestoßenen Stuhl liegend zu sehen war.

Kurz vor seinen Füßen sah man ein Regal, und dort oben auf dem letzten Regalbrett kam eine Figur zum Vorschein, die mir bekannt vorkam.

Auf dem Zeitungsfoto waren die Einzelheiten nur verschwommen zu erkennen.

Ich ging deshalb zum Flughafengebäude zurück und begab mich schnurstracks zum Zeitungsstand. Mit Erleichterung stellte ich fest, daß sie dort auch Lesebrillen verkauften. Ich kaufte mir eine und konnte so auf dem durch die

Brille vergrößerten Bild die Figur erkennen: Es war ein Nußknacker aus Holz. Ein typischer Nußknacker aus Sachsen.

Irgendwie gefiel mir das nicht. Und immer, wenn mir etwas nicht gefällt, spannen sich alle meine Neuronen aufs äußerste an.

In dem Zeitungsbericht hatte gestanden, daß Galo seit zwei Jahren in einem Kindergarten arbeitete. Das bedeutete, daß er noch während der Diktatur nach Chile zurückgekehrt war. 1980 war er ein junger Mann mit Erfahrung und Verdiensten. Nach seiner Arbeit in Nicaragua muß die Partei ihn in ein sozialistisches Land aus dem Lager der Linientreuen geschickt haben. Nach Kuba sicherlich nicht. Wir Lateinamerikaner treffen uns am Ende immer wieder, um alte Rechnungen zu begleichen, und die Kolumbianer von Simón Bolívar, die es geschafft hatten, unbeschädigt aus Nicaragua herauszukommen, hatten sich das fest geschworen. Nach Kuba nicht. Und auch nicht nach China oder Korea. Die Genossen mit den Schlitzaugen unterhielten wirtschaftliche Beziehungen zu Pinochet. Und in die UdSSR ebenfalls nicht. Genau in diesem Jahr, 1980, hatte die KPdSU die militärische Ausbildung der Chilenen eingefroren. Sie hatten nämlich entdeckt, daß der militärische Apparat der Kommunistischen Partei von der Diktatur unterwandert war. Also kam auch die UdSSR nicht in Frage. Mit der in Nicaragua absolvierten Arbeit hatte Galo sich einen Orden verdient. Und der einzige Ort, wo man ihm diesen Orden aushändigen konnte, war Cottbus, die Geheimdienstakademie der DDR. Der Nußknacker da auf dem Foto bestand darauf, mir beweisen zu wollen, daß Galo in Cottbus gewesen war.

Und gleichzeitig gab er mir eine Reihe von Fragen auf: Wenn Galo in Cottbus gewesen war, kannte er dann den

Major? War er der Mann des Majors in Chile gewesen? Falls sich dies alles bestätigen sollte, bedeutete das, daß der Leichnam von Galo Schwierigkeiten ankündigte, die weder Kramer noch ich vorausgeahnt hatten.

»Ich möchte meinen Flug nach Punta Arenas umbuchen«, sagte ich der Stewardeß der Fluggesellschaft.

»Wann möchten Sie denn fliegen?«

»Morgen oder übermorgen.«

»Ich werde Ihnen die Reservierung machen, Herr Belmonte. Falls Sie aber nicht fliegen sollten, sagen Sie den Flug bitte ein paar Stunden vor Abflug ab.«

»Danke. Sehr freundlich von Ihnen.«

»Keine Ursache. Wir leben schließlich in einer Demokratie.«

Santiago. Was für eine häßliche Stadt. Um 12 Uhr mittags knallte die Sonne, als wollte sie einen bestrafen. In der Gran Avenida, wenige Meter von der Ureta Cox Straße entfernt, stieg ich aus der U-Bahn. Ich wußte nicht genau, was ich in der Wohnung von Galo suchen sollte, war aber sicher, daß ich es finden würde. Dem Gebäude gegenüber war eine Fabrik. Einige Arbeiter im Blaumann standen an einem Getränkekiosk. Ich gesellte mich dazu und bestellte ein Eis.

»Scheiß heiß heute«, sagte ein Kleiner, der mich an Pedro de Valdivia erinnerte.

»So ist es. Heißer als die Polizei erlaubt«, antwortete ich, überrascht über meinen schnell wiedergewonnenen chilenischen Umgangston.

»Und unsereins arbeitet wie ein Bekloppter«, fügte der Kleine hinzu.

»Arbeiten muß schließlich jeder.«

»Logisch. Und Sie? In welcher Branche malochen Sie?«

»Ich bin Kassierer für eine Möbelfirma. Ich warte auf einen Kunden, der hier gegenüber wohnt.«

»Dort drüben, wo sie den Typ umgelegt haben?«

»Ja, genau da. Seltsam, daß man keine Polizei sieht.«

»Doch, doch. Sie haben zwei Streifenpolizisten abgestellt. Sie sind nur gerade in der Eckkneipe was essen.«

Beim Hochgehen nahm ich immer zwei Stufen auf einmal. Die Tür von 3 C war nicht abgeschlossen, als ob das Plastikband des Gerichtssiegels allein eine Barrikade wäre. Ich trat ein. Das erste, was ich sah, war die mit Kreide auf den Fußboden gemalte Silhouette von Galo. Ich ging direkt zum Regal, nahm den sächsischen Nußknacker herunter und drehte ihn um. Er trug eine auf deutsch geschriebene Widmung: *Genosse Moreira, wir werden siegen. Berlin, 7. November 1985.*

Mit dieser Blechplakette hatte er sich in der DDR bewegt? Ein Souvenir vom Jahrestag der bolschewistischen Revolution. Ich suchte alle Zimmer ab auf der Suche nach dem, was ich nicht wußte. Bis ich mir plötzlich eingestand, daß ich völlig idiotisch handelte. Nun mach schon, Belmonte, sagte ich zu mir selbst. Wo hättest du hier dein Geheimfach?

Ich wickelte die Faust in ein Handtuch und zerschlug den Spiegel im Bad. Es war nicht schwer, den losen Ziegelstein zu finden. In dem Versteck fand ich eine Reinigungsbürste für eine Pistole vom Kaliber 9 mm, eine Dose Öl der Firma Walther sowie einen Schlüssel mit der Inschrift: *Post von Chile 2722.*

Ruhigen Schrittes verließ ich die Wohnung. Anscheinend aßen die Polizisten mit Genuß.

An der Ecke Gran Avenida und Ureta Cox kam mir in den Sinn, daß ich mit der U-Bahn in fünf Minuten beim Haus von Señora Ana sein könnte. Würde Verónica reagieren? Wäre es, als würdest du aus langem Schlaf erwachen, Liebste? Würdest du mich mit Fragen überhäufen? Würde ich fähig sein, sie zu beantworten? Mit dem Schlüssel in der Hand betrat ich ein Restaurant.

»Was darf es sein?« sagte der Kellner als Begrüßung.

»Das Menü. Was gibt es?«

»Maispudding, Salat, Braten mit gedünsteten Bohnen, Wein oder Mineralwasser.«

»Den Braten.«

»Aber das Menü ist alles zusammen. Und Nachtisch, versteht sich.«

Es überraschte mich, daß ich die Müdigkeit der vielen Stunden im Flugzeug nicht spürte und zudem mit Heißhunger aß. Verrückt, Belmonte. Es sieht aus, als wärst du immer noch Chilene, sagte ich zu mir, als ich den Braten zerteilte.

Galo, Moreira, oder wie auch immer er sich nannte, hatte augenscheinlich ein Postfach in einem Vorort gemietet, allerdings nicht in seinem. Und auch nicht in der Nähe seiner Arbeit. Die Tatsache, daß der Schlüssel im Geheimfach versteckt war, belegte die Wichtigkeit des Schließfaches. Wahrscheinlich war es ein Postamt mit viel Laufkundschaft, aber nicht die Hauptpost. Bevor ich zahlte, bat ich um ein Telefonbuch und schaute mir die lange Liste der Postämter in Santiago an.

Im Postamt der Avenida Matta, das ich wegen der vielen Läden in nächster Umgebung aussuchte, hatte ich keinen Erfolg. Der Schlüssel paßte nicht. Im Postamt am Zentralmarkt auch nicht. Sehr schlau, Galo. Ich brauchte drei Stunden, um das richtige Postamt zu finden. Im selben Gebäude waren ein städtisches Amt, eine Bank und ein Kaufhaus.

Ich öffnete das Fach. Der Kasten war leer. Nach einem Blick auf das Personal, entschloß ich mich, einen Bluff zu versuchen.

»Entschuldigen Sie bitte, mein Herr. Wie hieß doch noch gleich das neue Fräulein?«

»Welche? Es gibt zwei neue. Die blonde?«

»Nein, die andere.«

»Ah, Jacqueline. Sie heißt Jacqueline.«

»Danke. Der Name fiel mir gerade nicht ein. Vielen Dank.«

»Kein Wunder, sie ist ja auch so neu ...«

Gesegnet sei die Sitte, die die Postbeamten verpflichtet, einen Plastikanstecker mit ihrem Namenszug zu tragen.

Ich ging zu dem Schalter, der von *J. Gatica* betreut wurde, um meinen Bluff weiterzutreiben.

»Fräulein, könnten Sie mir wohl helfen.«

»Ja, bitte, der Herr.«

»Ich habe hier ein Postschließfach und erwarte einen Brief aus Deutschland. Er ist von meinem Bruder, wissen Sie? Und es sind wichtige Dokumente darin. Nun habe ich gestern mit meinem Bruder telefoniert, und er sagte mir, daß er den Brief bereits vor gut zwei Wochen abgeschickt habe. Haben Sie eine Ahnung, was passiert sein kann?«

»Wie ist Ihr Name?«

»Bonifacio Prado Cifuentes, Postfach 2722.«

J. Gatica stand auf und befragte ein dickes Heft. Sie notierte etwas auf einen Zettel und kehrte zu ihrem Posten zurück.

»Sie haben den Brief bereits erhalten, Herr Prado. Vor neun Tagen haben wir den in Ihr Schließfach gelegt. Er kam aus Berlin, Alexanderplatz, und die Anfangsbuchstaben des Absenders waren W.S.«

»Seltsam. Vielleicht hat meine Frau ihn abgeholt und vergessen, ihn mir zu geben.«

»Ja, so wird's wohl sein, Herr Prado.«

In vielerlei Hinsicht war Santiago für mich eine neue Stadt. Einige Veränderungen waren erfreulich, z.B. die Telefonzellen in den U-Bahnhöfen. Fünf Uhr nachmittags in

Chile. 22 Uhr in Hamburg. Kramer erwartete meinen Anruf aus Feuerland gegen Mitternacht. Ich kam ihm zuvor.

»Belmonte? Wie läuft es? Wo bist du?«

»Ich glaube, es läuft gar nichts. Ich bin in Santiago.«

»Was zum Teufel ist los?«

»Hören Sie zu, Kramer. Ich möchte, daß Sie Ihre Beziehungen zu den Oberbullen spielen lassen. Sie sollen rauskriegen, ob sie irgend etwas über einen Typen mit den Initialen W.S. haben. Ich glaube, das ist der Mann vom Major.«

»Schon gut. Such dir erst mal ein Hotel und ruf mich dann zurück. Die Polizeicomputer in Deutschland arbeiten mit großer Effizienz.«

Um acht Uhr abends bekam ich Kramers Anruf im Hotel Santa Lucia. Der Invalide klang geradezu euphorisch.

»Belmonte? Volltreffer!«

»Spucken Sie schon aus.«

»W.S. Werner Schroeders. So lautete der Deckname eines Geheimdienstoffiziers der DDR in der Basis von Cottbus. In Wirklichkeit heißt er Frank Galinsky, aber das ist noch nicht alles. Vor vier Tagen ist er nach Santiago de Chile geflogen. Morgen früh fliegst du nach Feuerland. Es ist keine Zeit zu verlieren.«

»Es gibt da ein Problem, Kramer.«

»Was?«

»Der Typ ist im Besitz einer 9-mm-Pistole.«

»Ausgeschlossen. Niemand schmuggelt Waffen in ein Flugzeug der Lufthansa.«

»Er hat sie hier gekauft. Und den Verkäufer erschossen.«

»Wir haben eine Abmachung, Belmonte. Morgen rufst du mich vom Süden aus an.«

»Ich werde mich an die Abmachung halten, Kramer. Aber auf meine Art und Weise.«

Ich sah, wie die Nacht über Santiago fiel. Und Verónica war so nah. So nah, Liebste, und ich mit meiner Angst vor dem Wiedersehen, die allmählich aufhörte Angst zu sein. Wenn ich nicht losrannte, um mich in deine Arme zu werfen, dann nur weil mich dieses gottverdammte Fieber lähmte, das mich jedes Mal zwingt, das zu Ende zu bringen, was ich begonnen habe. Und weil die unmittelbar bevorstehende Aktion mir einen Weg zeigte, den ich längst vergessen glaubte, Verónica, meine Liebe. Den Weg, der mich wieder zu dem machen würde, der ich war und den du liebtest.

DRITTER TEIL

... denn nur für einen Dummkopf kann es Wichtigeres geben als die Kunst des Überlebens.

Marcio Souza, Ende von *Mad María*

1

FEUERLAND: DAS LETZTE LEBEWOHL

Griselda saß rechts neben dem Toten auf einem Stuhl nah am Kamin. Neben sie setzten sich Doktor Aguirre und ihr Sohn Jacinto. Auf der anderen Seite der Holzkiste reihten sich Mansur von der Pension mit seiner stummen Frau Ana, Santos Ledesma, der Hammelkastrierer, der Sergeant Gálvez sowie der Carabinero Bryce, zwei Polizisten, die mit dem ungewöhnlichen Auftrag gekommen waren, für die öffentliche Ordnung und Sicherheit zu sorgen.

Jeder der hier Anwesenden hatte sein aufrichtiges Beileid zum Ausdruck gebracht, was Griselda zuerst voller Scham entgegengenommen hatte, da es die unbegründeten Gerüchte bestätigte, die ihre Beziehung zu dem alten Franz umgaben. Bald empfand sie es allerdings nur als gerecht. Nach allem, was sie durchgemacht hatte, schuldete ihr das Leben eine veritable Totenwache in Anwesenheit des Verstorbenen, der mit seinem dunkelblauen Gesicht der Zeremonie vorstand. Das Gesicht ihres verschiedenen Ehemannes hatte sie nämlich damals vor der Beerdigung nicht sehen können, da er seinen Taucheranzug anhatte und eine gute halbe Tonne Eis um sich herum, die ihn von der Welt trennte.

»Ich versteh' nicht, warum er das getan hat. Vor ein paar Tagen hab' ich ihn noch gesehen, als er das Dach ausgewechselt hat. Ich hab ihm Hilfe angeboten, worauf er mir nur antwortete, es gebe Dinge, die ein Mensch alleine machen müsse. Es sah wirklich so aus, als ginge es ihm gut.

Ich versteh's nicht, aber ich respektiere es«, sagte Santos Ledesma.

»War er in der letzten Zeit niedergeschlagen?« fragte Mansur.

»Nein. Ich war bei ihm, bevor..., also... Er wollte Ziegenbraten essen, und ich hab ihn zubereitet. Er hat ein paar Gläser Wein getrunken und die Musik gehört, die ihm so gefällt. Sogar Scherze hat er gemacht, bevor er das ein für alle Male ließ«, schluchzte Griselda.

»Ich bitte um Entschuldigung, gnädige Frau, aber es gehört sich nicht für einen Christenmenschen, sich selbst das Hirn wegzupusten«, äußerte sich Carabinero Bryce.

»Aber man muß schon ein tapferer Mann sein, um das zu tun«, korrigierte ihn Sergeant Gálvez.

»Wollen wir nicht das Thema wechseln«, schlug Doktor Aguirre vor.

»Sie haben recht, Doktor. Komm, mein Stummchen.«

Mansur rief seine Frau und ging mit ihr zum Kamin. Griselda wollte ebenfalls aufstehen, aber Mansur bedeutete ihr mit einer höflichen Geste, sitzenzubleiben.

Die Stumme schob Glut zusammen und hängte einen Topf mit Öl darüber. Als das Öl heiß genug war, legte sie die zu Hause bereits zubereiteten *Pequenes* – Kanincheneulen – hinein. Stück für Stück wurden sie goldbraun gebraten, dann die Empanadas ohne Fleisch und Zwiebeln, unverzichtbare Bestandteile jeder feuerländischen Beerdigungszeremonie.

Sie aßen mit vornüber gebeugtem Körper, um Flecken durch den heruntertropfenden Bratensaft zu vermeiden.

Mansur servierte den Wein, und das Tablett mit den Gläsern wanderte von Hand zu Hand.

»Sie verstehen es wirklich, *Pequenes* zuzubereiten, Mansur«, sagte Sergeant Gálvez.

»Ich mache nur die Füllung. Die wirkliche Kunst liegt im Teig, und das ist die Arbeit der Stummen«, antwortete Mansur, während er seiner Frau den Arm tätschelte.

»Sie haben Hände wie eine Nonne, gnädige Frau«, schmeichelte Carabinero Bryce.

Die Stumme blickte Mansur fragend an.

»Er sagt, du hättest Hände wie eine Nonne.«

Die Stumme lächelte und beugte sich vor, um die *Pequenes* weiter zu braten.

»Auf den Verstorbenen. Er ruhe in Frieden«, gab Griselda als Trinkspruch vor.

Alle stimmten ein und hoben still ihre Gläser.

Jacinto und Doktor Aguirre gingen nach draußen an die frische Luft. Der Himmel war tiefblau, und eine Schar Trappen, die nordwärts flog, ließ die beiden die Köpfe heben. Sie gingen bis zu einem Hügel, von dem aus man die Unermeßlichkeit der Inútil-Bucht sehen bzw. erahnen konnte.

»Das Meerwasser hat seine Farbe verändert. Ein neuer Winter steht vor der Tür«, kommentierte der Doktor.

»Hören Sie. Wie ist das nun genau mit dem Testament? Ich hab's immer noch nicht richtig verstanden.«

»Ganz einfach. Der Alte hat deine Mutter zur Universalerbin aller seiner Güter gemacht. Das Haus, Grundstück, Tiere. Alles. Das Testament enthält allerdings eine ziemlich spezielle Klausel: Deine Mutter darf das Haus weder verkaufen noch irgendwelche Veränderungen vornehmen.«

»Für wie lange?«

»Nie. Wenn allerdings Griselda eines Tages von uns geht, wird dies hier alles dir gehören, und du kannst damit machen, was du willst.«

»Was für ein Humbug. Ich hab den Alten nie gemocht, Doktor. Ich hab ihn immer für einen Schurken gehalten. Jemand, der meinen Vater verdrängen wollte. Und schließlich bin ich nach Punta Arenas gegangen, weil ich das Gerede über meine Mutter und ihn nicht länger ertragen konnte. Diese Erbschaft macht aus meiner Mutter die offizielle Witwe des Alten. Wenn er sie so sehr geliebt hat, warum hat er sie dann nicht geheiratet?«

»Wie dumm du bist, Jacinto. Zwischen deiner Mutter und dem Alten bestand etwas sehr Intensives und Schönes, was man Freundschaft nennt. Freundschaft zwischen zwei Menschen, die ein sehr ereignisreiches Leben hinter sich hatten. Und das ist in der Regel viel interessanter als Liebe.«

Als sie zum Haus zurückkamen, sahen sie ein drittes Pferd, das neben den beiden der Polizisten festgemacht war. Es war der Klepper des Priesters. Neben den feurigen Polizeirössern machte es sich aus wie ein behaartes Zwergpferd.

Der Priester aß mit Genuß und unter Lobreden zwei *Pequenes*, schüttete ein Glas Wein in sich rein, hängte sich das Priestergewand um und ging zu dem Toten.

»Im Namen des Vaters, des Sohnes und des Heiligen Geistes. Ich erlöse dich von all deinen Übeln, Bruder Franz. Wenig wissen wir über dich. Vielleicht gibt es viele Einzelheiten in deinem Leben, die wir nie erfahren werden. Aber vielleicht hat es ja Gott so eingerichtet, daß diese Unermeßlichkeit voller Geheimnisse bleibt. Du hast die schlimmste aller Sünden begangen, du hast dir mit eigener Hand das Leben genommen, das allein der Herr dir nehmen darf. Trotzdem vergebe ich dir; Gott schaut nie nach Feuerland. Amen.«

2

FEUERLAND: DER AUSSTEIGER

Als ich in Punta Arenas landete, wußte ich den Anorak zu schätzen, den mir Pedro de Valdivia überlassen hatte. Die Sonne schien, aber ihre Wärme wurde von den eisigen und salzigen Windstößen verscheucht, die Bäume und Leiber durchschüttelten.

Ich mußte mich nicht anstrengen, um zum Hafen zu gelangen, auch nicht, den Eingang zur Kneipe *Fünf Männer und eine Totenkiste* zu finden. Ich war vorher noch nie in dieser südlichen Stadt gewesen, aber in Hamburg hatte ich Dutzende von Seeleuten gehört, die von der *Fünf Männer und eine Totenkiste* als einer der besten Spelunken für Seeleute sprachen.

Kaum war ich über die Türschwelle getreten, da spürte ich auch schon die wohltuende Begrüßungswärme des in der Mitte der Kneipe entzündeten Heizbrenners und nahm den appetitlichen Geruch von Lammbraten auf, der mir aus der Küche entgegenschlug. Der lange Tresen bestand aus hochglänzend poliertem Holz. Dahinter waren Hunderte von Flaschen, Sextanten, Kompasse, Wimpel und andere Seefahrtsutensilien aufgebaut.

»Das Lamm braucht noch ein bißchen«, begrüßte mich der Wirt.

»Ich kann warten.«

»Trocken?«

»Bring mir was, um meine Knochen aufzuwärmen.«

»Am besten einen Schnaps.«

Ein gutes Dutzend Männer saß an mehreren Tischen verteilt. Sie sprachen über die Preise für Meeresfrüchte und fluchten auf die japanischen Fischer. Ich setzte mich mit dem Glas Schnaps an einen freien Tisch. Ein stämmiger Typ drehte sich um zu mir und sprach mich an.

»Spielen Sie *Truco*, Landsmann? Uns fehlt der vierte Mann«, sagte er.

»Einer, der bereit ist, das Essen zu zahlen«, fügte ein anderer hinzu, der den silbernen Helm eines Ölfrachters aufhatte.

»Nein, tut mir leid. Eigentlich wollte ich das immer lernen, hatte aber nie die Chance.«

»Gut. Wenn Sie lernen wollen, wie man verliert, stellen Sie Ihren Stuhl hierher«, lud mich der Kräftige ein. Ich gesellte mich an den Tisch. Der dritte Mann rauchte eine Pfeife und begann, die Karten zu mischen.

Es stimmte, daß ich schon immer Truco spielen lernen wollte, in diesem Augenblick allerdings ganz und gar nicht. Aber so ist halt das Leben.

»Ich hab einen Freund, der *Truco*-Spieler ist. Und zwar einer von den guten«, sagte ich.

»Patagonier oder Feuerländer?« fragte der Stämmige.

»Von hier. Aus Punta Arenas«, antwortete ich.

»Patagonier also. Und wie heißt Ihr Freund, wenn man das erfahren darf?« fragte der Pfeifenraucher.

»Cano. Carlos Cano. Kennen Sie ihn?«

»Cano. Von der *Perla del sur?«* warf der Kräftige ein.

»Genau der. Wissen Sie, ob er in der Stadt ist?«

»Und wissen Sie, ob er möchte, daß wir Ihnen antworten?« fragte der mit dem silbernen Helm.

»Ich wette um das Essen, daß er sich freuen wird, mich zu sehen.«

»Die Wette gilt. Wenn er sich nicht freut, zahlen wir Ihnen ein neues Gebiß, denn das werden Sie in dem Fall dann brauchen«, willigte der Kräftige ein.

Der mit dem silbernen Helm ging raus und sagte, er sei in einer halben Stunde zurück. Die beiden anderen luden mich ein, von meinem Schnaps zu dem Wein zu wechseln, den sie tranken.

»Jetzt sind wir schon wieder drei. Sollen wir eine Runde Domino spielen?« schlug der mit der Pfeife vor.

Wir begannen, ein paar Runden Domino zu spielen. Ich spürte dabei, wie die Typen mich aus den Augenwinkeln beobachteten. Ich versuchte, so gut wie möglich zu spielen, während ich überlegte, wie Cano wohl reagieren würde, wenn er mich hier sah.

Carlos Cano. Ich habe wenige Leute mit seinem Humor kennengelernt. Noch in den schwierigsten Situationen war er imstande, Witze zu erfinden. Cano war der einzige Feuerländer in der GAP, der Gruppe der persönlichen Freunde Allendes. Er wurde der *Verwundete* oder der *Schiffbrüchige von Kanasaka* genannt, und immer hatte er so kaltblütig gehandelt, als spiegele sich in ihm die Temperatur seiner Heimat wider. Als Mitglied der GAP kämpfte er auch an jenem 11. September 1973 im Palast der *Moneda.*

So gut wie alle Mitglieder der GAP kamen beim Kampf an der Seite Allendes ums Leben. Cano schaffte es, sein Leben zu retten, indem er sich tot stellte. Mit zwei Kugeln im Körper ließ er sich zwischen seine erschossenen Genossen fallen, hielt den Atem an und beobachtete, wie die Armeeoffiziere die Verwundeten ermordeten. Aber er ist der Hölle schließlich entkommen. Als der Lastwagen, der die Leichen transportierte, weit genug vom Zentrum Santiagos entfernt war, sprang er ab. Hinkend und vom Blutverlust geschwächt, gelangte er bis zum Industriegürtel San Joaquín, wo noch gegen das Militär gekämpft wurde.

Dort untersuchte ihn ein Arzt, der ungläubig den Kopf schüttelte.

»Du hast eine Kugel im Bauch und eine zweite in der Schulter«, sagte er zu ihm.

»Also ausgeglichen, ich hab's ihnen auch nicht schlecht gegeben«, war seine Antwort.

Im November '73 gelang es Cano, nach Argentinien zu entkommen, wo seine stetig zunehmende politische Enttäuschung vom Scheitern der Montoneros gespeist wurde, dann von den FARC in Kolumbien, und schließlich erlitt er das Ende der Brigade Simón Bolívar in Nicaragua. Zum letzten Mal hatte ich ihn 1985 in Malmö gesehen. Er steuerte ein kleines Fährschiff, das den schwedischen Hafen mit Kopenhagen verband.

»In einem Jahr mach' ich mich davon. Ich habe Geld gespart, um mir ein Schiff zu kaufen, ein tolles Schiff«, sagte er dort, als wir zusammen ein paar Biere tranken.

»In Chile?«

»Ja, aber ganz im Süden. Ich werd nie weiter nördlich segeln als bis zur Magellanstraße.«

»Und die alten Geschichten?«

»Die können vor die Hunde gehen. Aber ohne mich. Ich bin ausgestiegen.«

Fünf Jahre später habe ich ihn noch einmal gesehen, im Deutschen Fernsehen. Er steuerte das Schiff von ein paar deutschen Schatzsuchern in den vor-antarktischen Gewässern.

Der Mann mit dem silbernen Helm betrat als erster die Kneipe und gab mir mit dem Daumen ein Zeichen. Hinter ihm kam Cano herein. Als er mich sah, hielt er sich die Augen zu. Dann lud er mich mit einer Geste zum Tresen.

»Nein! Was es auch immer ist, meine Antwort heißt Nein«, sagte er.

»Nun freu dich schon, sonst muß ich hier das Essen für diese drei bezahlen.«

»Und für mich einen Drink. Und was verschlägt dich hierhin, Belmonte?«

»Nichts Illegales. Ich bin in einer ganz simplen Sache, einer reinen Arbeitsangelegenheit hier.«

»Wie hast du mich gefunden?«

»Ich hab deine Pläne nicht vergessen, die du mir in Malmö anvertraut hast. Und dann hab ich dich im Deutschen Fernsehen gesehen und schließlich vor einer halben Stunde hier deinen Namen genannt. Ganz einfach.«

»Und du wolltest mich sehen, weil ich gut aussehe! Laß schon die Katze aus dem Sack.«

»Eine lange Geschichte. Setzen wir uns.«

»Einverstanden. Aber vergiß nicht, daß du mit einem Aussteiger sprichst.«

Während die drei potentiellen *Truco*-Spieler den Lammbraten verschlangen, auf dessen Bezahlung ich bestand, setzten Cano und ich uns, einander gegenüber, an einen entfernten freien Tisch. Dort taten wir das, was alle alten Kampfgefährten aus verlorenen Schlachten zu tun pflegen: nicht darüber zu sprechen, sondern zu staunen, daß man noch am Leben ist.

Ich erklärte ihm die Beweggründe, die mich in diese Gefilde trieben: der Vertrag mit Kramer, die Geschichte der Goldmünzen, der Tod Galos und die Wahrscheinlichkeit der Existenz eines weiteren an der Kriegsbeute Interessierten, und zu guter Letzt sprach ich von Verónica.

»Das ist nicht der einzige Fall. Es tut mir leid, Belmonte. Es tut mir aufrichtig leid.«

»Ich glaube dir. Ich brauche deine Hilfe.«

»Wenn ich kann, helfe ich dir, auch wenn der Deutsche mir nicht unsympathisch ist. Ich selbst habe auch davon geträumt, Galo aufzuspüren und ihn für Nicaragua zahlen zu lassen.«

»Du kennst dich in dieser Gegend hier aus. Du kannst mir helfen, Zeit zu gewinnen.«

»Ein bißchen. Feuerland ist sehr groß, Belmonte. Und außerdem voller Geheimnisse. Deine Geschichte bestätigt das.«

»Unser Freund Franz Stahl, der etwas über 70 Jahre alt sein muß, bekommt seine Post an die Poststation Nr. 5. Sagt dir das etwas?«

»Nicht viel. Diese Station liegt zwischen Puerto Nuevo und Tres Vistas.«

»Chinesisch für mich. Kannst du das vielleicht etwas näher erklären?«

»Puerto Nuevo ist eine kleine Fischerbucht. Früher gab es dort Walfänger, aber seit die Wale von den Japanern ausgerottet wurden, beschäftigen sich die Leute mit traditionellem Fischfang und dem Sammeln von Meeresfrüchten. Etwa 20 Familien leben dort zusammen. Tres Vistas ist ungefähr 50 Kilometer von Puerto Nuevo entfernt. Es ist eigentlich nur ein Wegestopp mit gerade mal zwei Häusern. Eines wird als Kramladen und das zweite als Pension genutzt. Ich kenne den Besitzer der Pension, ein Typ aus dem Norden namens Mansur. Aus deinen Erzählungen schließe ich, daß der Deutsche dichter bei Tres Vistas leben muß als bei Puerto Nuevo. In der Bucht gibt es nämlich ein eigenes Postamt. Ich habe eine Idee, Belmonte. Bestell noch etwas Wein, ich sehe Land.«

Wir verließen die *Fünf Männer und eine Totenkiste* in Richtung Stadtverwaltung. Auf dem Weg dahin erzählte mir Cano stolz von der *Perla del sur*, einem Dreimaster, den er mit seinen Ersparnissen in Skandinavien gekauft hatte. Er lebte von und in dem Boot. Während des Winters machte er im Yachthafen von Punta Arenas fest und im Sommer organisierte er Törns für Touristen am südlichen Kap.

»Außerdem suche ich nach Schätzen. Ich hab schon eine gute Kollektion spanische Kanonen zusammen und alles mögliche Blechzeug, das von den Museen gut bezahlt wird. Eines Tages werde ich noch den Schatz von Francis Drake heben.«

»Klingt alles nicht schlecht, aber es riecht mir irgendwie nach Junggesellendasein.«

»Ganz und gar nicht. Die Sommer verbringe ich in guter Begleitung. Meine Frau ist Taucherin. Den Winter verbringt sie im Norden, in Arica, wo sie den Touristen in warmen Gewässern das Tauchen beibringt. Das ist auch besser so, denn nichts geht über einen Winter in Begleitung eines Fäßchens Kognak und der gesammelten Werke von Simenon. Wenn du zwei Tage früher gekommen wärst, hättest du sie kennengelernt. Sie heißt Nilda und verläßt das Ende der Welt immer zusammen mit den ersten Trappen. Guck. Da oben fliegt eine Schar. Der Winter ist im Anmarsch, Kumpel.«

Im Gebäude der Stadtverwaltung fragte Cano nach jemandem, der offensichtlich die Ruder fest in der Hand hielt. Anders jedenfalls kann ich mir die Freundlichkeit des Polizeioffiziers nicht erklären, der uns bediente. Wir warteten rund fünf Minuten, bis der Offizier uns eine protzigeTür öffnete. Hinter dem Mahagoni-Schreibtisch saß ein Mann, der sich erhob, sobald er Cano erblickte.

»Carlitos. Was für eine angenehme Überraschung«, begrüßte er ihn.

»Das ist mein Freund Juan Belmonte. Belmonte, Herr Marchenko, der Verantwortliche für das Magellan-Öl.«

»Juan Belmonte. Wissen Sie, daß Sie den gleichen Namen haben wie ein bekannter Torero?« fragte er und streckte zur Begrüßung seine rechte Hand aus.

»Wirklich? Das höre ich zum ersten Mal.«

Nach der Vorstellung erklärte Cano, ich sei ein Versicherungsagent, der eine Erbschaftsangelegenheit zu erledigen habe. Er fügte hinzu, daß ich aus Deutschland gekommen sei, auf der Suche nach einem gewissen Franz Stahl, von dem ich unglücklicherweise nur die Postadresse besäße. Marchenko meinte, es sei ein leichtes, auf Feuerland einen Wohnsitz ausfindig zu machen. Immer vorausgesetzt, daß der Gesuchte auch Eigentümer sei.

Er ließ uns zwei Minuten alleine und kehrte dann mit einer Karte zurück, die er auf dem Schreibtisch ausbreitete.

»Das hier ist die südwestliche Küste von Feuerland. Franz Stahl ist Eigentümer einer bewohnten Parzelle 15 Kilometer von Tres Vistas entfernt. Um dort hinzukommen, brauchen Sie einen Wagen mit Allradantrieb oder ein Pferd. Kann ich sonst noch etwas für Sie tun, Herr Belmonte?«

»Nein. Sie haben schon zuviel getan. Herzlichen Dank.«

»Juan Belmonte. Das muß ein gutes Gefühl sein, genauso zu heißen wie der berühmte Torero. Es gibt nicht viele Belmontes in Chile, und wir Marchenkos sind noch seltener«, waren seine Abschiedsworte.

»Im Fall der Belmontes ist das vielleicht ein Glück für das Land.«

Wir verließen die Stadtverwaltung mit der Information, die mir gefehlt hatte. Cano lächelte. Wir gingen in Richtung Hafen zurück.

»Nicht schlecht, die Bemerkung über die Belmontes.«

»Ich war einfach ehrlich. Zu was für einer Art Mensch gehört er eigentlich?«

»Marchenko ist kein schlechter Typ. Er ist ein Idiot, der Zeremonien liebt und mir im Sommer Touristen schickt.«

»Verwandt mit dem anderen Marchenko?«

»Sein Bruder, er weiß, daß ich bei der GAP war. Hier weiß man alles. Aber weil sein Arsch ihm ziemlich tief geht, versucht er freundschaftlich zu mir zu sein. Sein Bruder ist weiterhin in der Armee. Er ist jetzt Oberst. Verschiedene Folteropfer haben ihn wiedererkannt, aber er gehört zu den Unberührbaren.«

»Der Preis für die Demokratie. Es fällt mir schwer zu glauben, daß ich in Chile bin. Ich habe nie daran gedacht, zurückzukehren, genau wegen der Angst, auf Typen seines Schlages zu stoßen. Die, die immer wußten, was passierte, aber nie einen Finger krumm gemacht haben, um es zu verhindern. Sie hielten sich im Schatten und haben von der schmutzigen Arbeit der anderen profitiert. Ich nehme an, daß er jetzt ein Vorkämpfer der Demokratie ist. Einer von denen, die es sich leisten können, zuzugeben, daß es Exzesse gegeben hat. Ekelhaft, der Preis der Demokratie.«

»So ist es. Aber der Preis ist relativ. Es vergeht kein Monat, ohne daß irgendein in Foltergeschichten oder Verschwindenlassen verwickelter Offizier durchsiebt auf der Straße aufgefunden wird. Es gibt also doch noch etwas Gesundes in diesem Land.«

»Dieses Land interessiert mich einen Scheißdreck, Cano. Einen Scheißdreck. Du hast mir noch nicht gesagt, wohin wir eigentlich gehen.«

»Zum Schiff. Ich werde dich auf der anderen Seite der Meerenge absetzen. Betrachte dich als Gast der *Perla del sur.*«

Wir kreuzten die Meerenge bei ruhiger See. Canos Segler glitt durch das Wasser, wobei es mit dem Kielschwert eine feine Schaumfurche öffnete. Außer Cano waren zwei Besatzungsmitglieder an Bord. Von der Kapitänsbrücke aus sah ich, wie sie mit sicheren Handgriffen die Segel handhabten. Es waren Männer, die wenig Worte machten, und ich begann, ein bißchen neidisch zu werden auf Canos Leben. Ich spürte, wie er diesen beiden Männern vertraute, und konnte förmlich riechen, daß sie wiederum auf die Geschicklichkeit ihres Steuermanns vertrauten. Gemeinsam gelangten sie dahin, wohin sie wollten. Sie erreichten ihre anvisierten Ziele, was nur sehr wenige Menschen von sich behaupten können.

Die Überfahrt dauerte etwa drei Stunden. Es wurde bereits Abend, als wir im Hafen von Puerto Nuevo in der Inútil-Bucht festmachten. Cano ordnete an, ein Motorrad auszuladen.

»Gut, Belmonte. Du bist angekommen. Der Tank des Motorrads ist voll. Du weißt selbst am besten, was du zu tun hast. Von hier bis Tres Vistas brauchst du eine Stunde. Grüß Mansur von mir. Er wird dir zeigen, wie du zum Haus des Deutschen kommst.«

»Danke, Cano. Wenn ich fertig bin mit der Angelegenheit, komme ich mit der Fähre nach Punta Arenas zurück und bring dir das Motorrad wieder. Bis bald.«

»Viel Glück.«

Ich warf das Motorrad an, eine Geländemaschine mit kraftvollem Klang. Gerade wollte ich mir den Helm aufsetzen, als ich hörte, wie Cano mir vom Boot aus etwas zurief.

»Belmonte, wirf einen Blick in die Werkzeugkiste. Unter dem Sitz.«

Ich hob den Sitz. Zwischen verschiedenen Schraubenschlüsseln lag eine Browning, Kaliber 7.65. Ich winkte, um mich von Cano zu verabschieden.

»Es ist nicht empfehlenswert, nackt durch's Leben zu laufen«, rief er vom Deck aus.

Wenige Minuten später hatte ich Puerto Nuevo hinter mir gelassen. Der Weg schien wie ein Pfeil durch die Pampa zu verlaufen, und ich fuhr auf das entscheidende Treffen zu.

3

FEUERLAND: SONNENUNTERGANG

Galinsky hatte einen langen Weg hinter sich gebracht, um bis auf diese Hügelkuppe zu gelangen. Dort ruhte er sich, auf dem Bauch liegend, ein bißchen aus und beobachtete unten das Haus.

Von Berlin nach Frankfurt, von dort nach Santiago und schließlich nach Punta Arenas, um die Meerenge zu überqueren. Und jetzt war er hier, fünfhundert Meter vom Ziel entfernt. Er öffnete seinen Proviantkorb und holte eine Tafel Schokolade heraus, die er langsam kaute. Dann nahm er eine Flasche Mineralwasser, trank ein paar Schluck und zündete eine Zigarette an. Beim Rauchen dachte er daran, daß sich letztendlich alles als viel schwieriger entpuppt hatte als ursprünglich gedacht. Unwägbarkeiten, Unvorhersehbares und Unvermeidliches war ihm in die Quere gekommen. Und da die einzige Möglichkeit, etwas zu verstehen, darin besteht, sich damit zu konfrontieren, beschloß er, das bisherige Geschehen rückblickend noch einmal zu durchdenken.

Armer Moreira. Ursprünglich hatte Galinsky die Idee gehabt, ihn zu rekrutieren. Er wollte ihn vor Ort handeln lassen und die Entscheidungen im Hintergrund selbst treffen. Ein Chilene hatte einfach bessere Chancen, unbemerkt über die Runden zu kommen. Aber dann hatte er ihn völlig hysterisch vorgefunden, verwandelt in eins dieser Subjekte, denen man nicht trauen kann. Als er ihm die Kugel zwischen die Augen setzte, ahnte er die Schwierigkeiten voraus, die auf ihn zukommen würden, da er jetzt alleine handeln mußte. Um so mehr, als er mehrere Personen würde befragen müssen, um Hillermanns falsche Identität aufzuspüren. Er wußte nicht wen, aber es war auch kein Geheimnis, daß die deutsche Kolonie auf Feuerland ziemlich groß war, und manchmal entpuppen sich Landsleute ja als kommunikativ. Aber seine Befürchtungen hatten sich zerstreut, als er in Punta Arenas mit dem Major telefonierte.

»Erste Angelegenheit o.k. Aber von Hillermann weiß niemand was. Niemand erhält Post unter diesem Namen«, sagte Galinsky.

»Logisch. Unser Sammler nennt sich Franz Stahl. Ein ziemlich origineller Name. Freust du dich über diese Neuigkeit?«

»Ich bin gerührt. Danke für den Hinweis.«

Der Major war immer noch ein Musterbeispiel für Effektivität. Im Gras ausgestreckt dachte Galinsky, es lohne sich kaum zu überlegen, wie der Major an diese Information gekommen war. Aber dann dachte er doch darüber nach, wie er selbst es angestellt hätte.

Was ist bis jetzt passiert? Ulrich Helm hat uns in jeder Beziehung reingelegt, obwohl er ein Invalide war. Man könnte sogar behaupten, daß er sein eigenes Verhör gesteuert hat, ohne daß wir das gemerkt hätten. Er hat es verstanden, die Fragen umzulenken, um so zu verhindern, daß wir zu der wichtigsten vorstoßen konnten: der neuen Identität Hillermanns.

Aber er war sich darüber im klaren, daß ihre Entdekkung nur eine Frage der Zeit war. Und was tat er dann? Zweimal ist er uns entwischt. Beim ersten Mal simulierte er auf offener Straße einen Herzinfarkt und beim zweiten Mal schnitt er sich im Krankenhaus die Venen auf. Aber ein derart loyaler Mensch verläßt keinen Freund, der in Gefahr ist, ohne ihm eine Nachricht zu hinterlassen... Das ist es: Er hat ihm geschrieben. Irgendwie muß er den Brief aus dem Krankenhaus herausbekommen haben! Der Rest war dann nur noch eine Frage von Gesprächen mit den Ärzten und Krankenschwestern.

Galinsky rieb sich die Arme. Er hatte Lust, aufzustehen und ein bißchen zu laufen, damit ihm das Blut die Wärme wiederbrächte, deren Verlust er langsam zu spüren begann. Er gähnte und gab sich dann sofort selbst eine Ohrfeige. Vielleicht war es doch keine so gute Idee gewesen, die Fahrt von Porvenir bis Tres Vistas nachts zu machen, sagte er sich.

In dem Büro in Porvenir, wo er den Landrover mit Allradantrieb gemietet hatte, hatten sie ihm gesagt, daß es nicht besonders schwierig sei, bis nach Tres Puntos zu gelangen, und daß man ihm dort erklären würde, wie er zum Grundstück seines Freundes Franz Stahl käme.

»Das sind rund fünf oder sechs Stunden Fahrt. Mit einem vollen Reservekanister reicht das für die Hin- und Rückfahrt«, belehrte ihn der Vertreter der Autovermietung.

Galinsky war kurz nach Mitternacht losgefahren. Der Vollmond beleuchtete den einsamen Weg und machte die Scheinwerfer fast überflüssig. Bei der Abfahrt war er angespannt und froh zugleich. Er spürte, wie sein Körper sich anschickte, die unabdingbare Gelassenheit zu entwickeln, die den Erfolg der Mission ankündigt.

Der Weg war schwierig, voller Schlaglöcher, und das Panorama, das ihm das Mondlicht auf beiden Seiten bot, war so monoton wie desolat – eine einzige Ausdehnung von grauen Flecken, die nur manchmal von Sauerdorn-Büschen unterbrochen wurden. Aber Galinsky war nicht 20.000 km gereist, um die feuerländische Landschaft zu genießen. Er war besessen von dem Gefühl, bald in Aktion zu treten, das all seine Muskeln in Anspruch nahm. Und so spürte er plötzlich, als er sich in den Schritt faßte, auch eine heftige Erektion. Er erinnerte sich, einmal etwas über Erektionen und sogar unfreiwillige Ejakulationen von Jägern im intensivsten Moment der Jagd gelesen zu haben, wenn ihre gesamte Aufmerksamkeit auf das Wild gerichtet und der Rhythmus ihres Atems von deren Nähe oder Entfernung bestimmt wird. ›Und nicht nur die Jäger‹, murmelte er vor sich hin. Auch die Soldaten. Alexander der Große empfahl seinen Offizieren, die Krieger im Schritt zu beobachten, bevor sie in die Schlacht gingen.

Der Landrover kam nur langsam voran, den allzu großen Schlaglöchern und Pfützen von verdächtiger Tiefe ausweichend. So überraschte ihn das erste Morgendämmern des neuen Tages. Der Mond schien weiter mit aller Helligkeit, als ob er die Gewohnheiten der Sonne bezweifelte, die jetzt anfing aus den Wassern des Atlantiks aufzutauchen. Der Fahrer richtete seine ganze Aufmerksamkeit auf die Tücken des Wegs. Er schaltete das Licht aus. Seine Konzentration verhinderte, daß er die haßerfüllten Blicke wahrnahm, mit denen ihn die erstarrten Regenpfeifer von der Spitze der Telegrafenmasten aus bedachten. Und er sah auch die vielen Reiher-Schwärme nicht, die am Himmel zu kreuzen begannen, sobald die Sonne ihre Herrlichkeit entfaltete. Diese Vögel kamen von weit her, genau so weit oder weiter noch als Galinsky, von den Malvinen oder den Georgias im Süden auf der Suche nach einem Zufluchtsort in den Fjorden im Norden der Halbinsel Brunswick.

Kurz nach sechs Uhr morgens hielt er den Wagen an. Er war in *Tres Vistas*. Der Ort war so, wie sie ihn im Büro des Autoverleihs beschrieben hatten: zwei einander gegenüberstehende Häuser, getrennt durch den dazwischenliegenden Weg, eifrig bemüht, die Illusion einer Straße zu vermitteln.

Zuerst klopfte er an die Tür der Pension. Keine Antwort. Dann tat er dasselbe an dem Kramladen, wo ihm ein alter Mann öffnete, der ihn mit einer Mischung aus Freundlichkeit und Mißtrauen ansah.

»Ich kann Ihnen nur Mate und Kekse anbieten«, begrüßte ihn der Alte.

»Ich habe keinen Hunger. Ich bin nur auf der Suche nach einem Freund, der hier in der Nähe wohnt.«

»Sie sind alle weggegangen. Ich weiß nicht wohin. Vielleicht haben sie es mir gesagt, aber ich habe es vergessen. Ich vergesse alles. Aguirre sagt, das ist das Alter. Was halten Sie davon, wenn ich ein Huhn schlachte?«

»Mein Freund heißt Franz Stahl, verstehen Sie? Ein Deutscher.«

»Vielleicht kenne ich ihn. Wer weiß. Im Moment erinnere ich mich nicht. Wenn Sie Huhn nicht mögen, können wir auch ein Lamm schlachten, aber dann müßten Sie mir helfen. Ich habe allein nicht mehr soviel Kraft.«

»Kann ich mit jemand anderem sprechen?«

»Nein. Ich sagte doch schon, daß alle weg sind.«

»Wer, alle?«

»Mein Schwiegersohn Mansur, meine Tochter, die Stumme, der Doktor und der Hammelkastrierer.«

»Wohin sind sie gegangen?«

»Wer?«

»Mansur, der Hammelkastrierer, Ihre Tochter.«

»Ich erinnere mich nicht. Sie sind weggegangen und haben gesagt: Wir gehen, mach nur keine Dummheiten. Ich hab gewußt, wohin, aber ich hab's vergessen. Schlachten wir ein Lamm?«

Galinsky streckte einen Arm aus und packte den Alten am Hals. Er schüttelte ihn heftig, bis er merkte, daß sein Wehklagen sich mit dem bemitleidenswerten Klackern seiner Knochen vermischte. Er sah Panik in den Augen des Alten.

»Hör zu, beschissener Greis. Franz Stahl, der Deutsche. Wie komme ich zu seinem Haus. Franz Stahl. Franz Stahl. Sprich mir nach.«

»Franz..., laß mich los, Dummkopf. Jetzt fällt's mir wieder ein.«

»Sprich! Wie komme ich zum Haus von Franz Stahl?«

»Mit einem Pferd. Haben Sie ein Pferd?«

»Ja, ich hab eins. Wie komme ich zum Haus von Franz Stahl?«

»Folgen Sie dem Weg bis zur Poststelle. Dort schlagen Sie sich in die Pampa, bis zu der Schlucht. Da sehen Sie dann schon das Haus. Wo ist denn Ihr Pferd?«

»Hör zu, Idiot. Um zu dem Haus von dem Deutschen zu kommen, folge ich diesem Weg bis zur Poststation, und dann durch die Pampa bis zur Schlucht. Richtig?«

»Wenn Sie's selbst wissen, warum zum Teufel fragen Sie dann? Was machen wir jetzt mit dem Lamm?«

Galinsky ließ den Alten los, der sogleich zahlreiche Verwünschungen ausstieß wegen der unterlassenen Hilfeleistung beim Lammschlachten. Er ging zurück zum Landrover und nahm eine Karte heraus, die er auf dem Sitz ausbreitete. Vielleicht hatte der Alte ihn richtig informiert. Er erkannte den Punkt, an dem die Poststelle am Weg markiert war. Südlich davon lag ein Stück Pampa und dann das Meer. In Richtung Norden sah er die Symbole für eine Unebenheit eingezeichnet, was in dem Fall ein Abhang oder eine Schlucht sein konnte. Noch weiter oben floß in Schlangenlinien der China Creek, ein Fluß, der in den Bergen des Boquerón entsprang. Außerdem waren dort verschiedene kleine Quadrate eingezeichnet, die die Weideflächen darstellten, die sich längs des Flusses ausbreiteten. Ein winziger Kreis, der am Ende der Schlucht auf die Karte gedruckt war, müßte das Haus sein, das er suchte. Der Alte berührte seinen Arm.

»Jetzt erinnere ich mich«, sagte er.

»Wie man zu dem Deutschen kommt?«

»Sie sind zur Beerdigung gegangen. Alle sind sie zur Beerdigung gegangen.«

»Beerdigung von wem?«

»Von Ihrem Freund, dem Deutschen. Mein aufrichtiges Beileid.«

Mit seiner ausgestreckten Hand blieb der Alte mitten auf dem Weg allein zurück. Er hustete und rieb sich die Augen, um dem Wagen nachzublicken, der sich in einer Staubwolke entfernte.

Galinsky, oben auf dem Hügelkamm, begann mit ein paar Entspannungsübungen.

Zuerst preßte er die Fußzehen zusammen, füllte seine Lunge mit Luft und atmete dann langsam tief aus unter gleichzeitigem Ausstrecken der Zehen. Dann wiederholte er die Übung, indem er die Wadenmuskeln anspannte, dann die der Oberschenkel, des Gesäßes, des Bauchs, bis er schließlich zu den Augenbrauen gelangte. Zuletzt fühlte er, wie ihn eine Welle des Wohlbefindens durchlief, die ihn für einen Moment die sieben Stunden vergessen ließ, die er ausgestreckt im Gras gelegen hatte.

Tres Vistas hatte er um 6.30 Uhr morgens hinter sich gelassen. Punkt acht nahm er die Umrisse der auf Pfeilern errichteten Poststelle wahr und schlug sich in die Pampa. Es war eine leidvolle Strecke, bis er die Schlucht erreichte. Die Räder schlitterten auf dem glitschigen Weideuntergrund, und mehrmals hätte er um ein Haar die Kontrolle verloren. Am Anfang der Schlucht ließ er den Landrover stehen, da es unmöglich war, auf dem rutschigen Boden weiterzufahren. Er hängte sich seinen Proviantkorb um und ging flotten Schrittes zu Fuß weiter bis halb zehn. Die Schlucht endete an dem Hügel, von dem aus er das untenliegende Haus beobachtete. Fünfhundert Meter Pampa trennten sie voneinander.

So wie es aussah, hatte der Alte gerade noch im rechten Moment seine Fassung wiedergewonnen. Galinsky beobachtete das Haus von dem Hügel aus mit einem Fernglas. Vor dem Haus zählte er neun Pferde. Zwei davon stachen unter den anderen aufgrund ihrer Statur und Anmut hervor. Es waren elegante Pferde, während die anderen sechs kleiner und behaart waren. Als er die in der Eingangshalle aufgereihten Sättel in Augenschein nahm, entdeckte er, daß zwei von ihnen die Zeichnung von zwei gekreuzten Karabinern trugen, das Emblem der chilenischen Polizei. Wenig später erblickte er die Uniformierten, als sie in Begleitung eines grauhaarigen Individuums aus dem Haus kamen, um einen kurzen Spaziergang zu machen. Acht verschiedene Personen waren im Lauf der Zeit aus dem Haus gekommen und wieder hineingegangen, nachdem sie ein kleines Gebäude in einiger Entfernung vom Haus aufgesucht hatten. Der Weg dahin führte über einen Weg aus Holzplanken, der von Apfelbäumen umsäumt war. Zwei waren Frauen. Galinsky reihte acht Streichhölzer im Gras auf und ordnete ihnen die Eigenschaften der entsprechenden Personen zu, die auftauchten und dann wieder unter dem Dach aus Zinkplatten verschwanden.

Die Sonne fing an, im Pazifik unterzugehen. Galinsky griff einmal mehr auf eine Tafel Schokolade zurück.

»Das Leben ist schon seltsam«, sagte er zu sich selbst. »Da komme ich bis hierher mit dem Auftrag, einen Mann zu eliminieren, und muß feststellen, daß er bereits tot ist. Was ihm wohl passiert ist? Typische Altersschwäche? Ein

Unfall? Oder hat er eine Warnung von seinem loyalen Freund Ulrich Helm erhalten und einen Herzschlag bekommen?«

Seit er es zum ersten Mal gesehen hatte, hatte Galinsky keinerlei Zweifel über den Besitzer dieses Hauses. Mit dem Fernglas folgte er den Linien der Holzstruktur und hielt bei den Fensterflügeln inne. Er sah, daß in alle die drei Türme eingraviert waren, die von zwei Davidssternen und einem Christenkreuz gekrönt wurden. Die Kraft der Nostalgie oder die Macht der Gewohnheit verrieten Hans Hillermann. Das hier könnte genausogut ein Haus in Bergedorf sein, in Curslack oder irgendeinem beliebigen Elbe-Kaff. Nur das glänzende Zinkdach fiel aus dem Rahmen der traditionellen Architektur.

Frank Galinsky sah im Westen die Sonne leuchten wie einen riesigen Feuerball. Er kalkulierte, daß noch zwei Stunden Dämmerlicht blieben. Während er sich selbst die ganze Zeit fragte, was zum Teufel sie wohl mit dem Toten trieben, holte er aus dem Proviantkorb einen dünnen Schlafsack hervor. Er kroch hinein, zog ihn bis zum Kopf hoch und nahm wieder das Fernglas vor die Augen. So sah er aus wie ein gigantischer Wurm, der den Sonnenuntergang beobachtet. Aber Galinskys Blick war fest auf die beiden Männer gerichtet, die in diesem Moment aus dem Haus kamen. Sie entfernten sich rund hundert Meter vom Haus und begannen, ein rechtwinkliges Loch auszuheben.

4

FEUERLAND: LANGE STERNENNACHT

Die beiden Gebäude, aus denen Tres Vistas bestand, ließen sich in der Mitte des Weges ausmachen wie die Nadel in einem Kompaß. Ich erreichte sie, als sich die abendlichen Schatten der Landschaft bemächtigten. Beide Häuser waren aus Holz, und die Dächer aus Bartgras-Blättern gaben ihnen den Anschein von rastenden Tieren. Eins war mit einer riesigen Werbung für Anisschnaps, *Anís del Mono*, verziert, und genau unter dem Gesäß des Affenzwillingsbruders von Charles Darwin war auf einem in dunkler Farbe gemalten Schild zu lesen: *Pulperia de un cuanto hay* – Laden für alles. An dem zweiten Haus hing ein diskretes Schild mit der Aufschrift: *Pension Mansur.* Beide Häuser waren dunkel. Bevor ich den Motor ausschaltete, betätigte ich die Hupe. Aus dem Kramladen kam ein altes Männchen mit einer Petroleumlampe zum Vorschein.

»Sie sind nicht da. Niemand zu Hause«, sagte er und sah mich forschend an.

»Aber Sie sind doch jemand, Opa.«

»Treten Sie ein. Wenn Sie etwas möchten, nehmen Sie es und schreiben den Preis auf. Die haben mir gesagt, daß ich keinen Unsinn machen und mich nicht ins Geschäft mischen soll.«

Zögernd folgte ich ihm. Es schien nicht gerade leicht, sich mit diesem Alten zu unterhalten. Er öffnete die Tür zu dem Kramladen und zeigte auf einen Stuhl. Im Inneren roch es nach Gewürzen, Kaffee, Mate-Kraut, Tabak und den tausend anderen Artikeln, die in der Auslage aufgereiht oder in Schubladen einsortiert waren, zusammen mit Gerätschaften für den Ackerbau, Töpfen, Eimern sowie Sattel- und Zaumzeug. Er hielt mir eine Kürbisschale mit Mate hin.

»Haben Sie Hunger? Ich kann eins von meinen Hühnern schlachten. Oder möchten Sie lieber ein Stück Lamm?«

»Danke, mit dem Mate habe ich schon genug. Opa, ich bin auf der Suche nach einem Deutschen...«

»Alle suchen etwas im Leben. Ich habe auch gesucht, aber ich weiß nicht mehr was. Ich habe es vergessen. Ich vergesse alles. Aguirre sagt, ich soll kein Fleisch essen.«

»Wer ist Aguirre?«

»Aguirre? Der Doktor. Er kuriert die Schafe von der Krätze und die Kühe von der Maul- und Klauenseuche. Und manchmal heilt er auch Menschen. Warum suchen Sie den Deutschen?«

»Kennen Sie ihn? Ich muß ihm etwas mitteilen. Eine dringende Angelegenheit.«

»Wer weiß, vielleicht kenne ich ihn. Im Moment erinnere ich mich nicht. Warten Sie auf meinen Schwiegersohn. Der kennt Gott und die Welt.«

»Wo ist Ihr Schwiegersohn? Können Sie ihn rufen?«

»Er ist weggegangen. Alle sind sie weg. Aber sie werden zurückkommen. Haben Sie nur Geduld.«

»Wissen Sie, wo sie hingegangen sind?«

»Sie haben es mir gesagt, aber ich habe es vergessen. Ich hab Ihnen ja schon gesagt, ich vergesse alles. Es gibt noch hartgekochte Eier. Soll ich Ihnen zwei bringen?«

Ich sah, wie der Alte in einem nahegelegenen Zimmer verschwand. Kurz darauf kam er zurück und brachte einen Teller mit gekochten Eiern und einem steinhart aussehenden Brot, das harte Plätzchen der Gauchos. Er lud mich an einen Tisch. Auf dem Tresen standen mehrere Flaschen argentinischer Wein. Ich nahm eine und ging zu dem Alten.

»Essen Sie nur. Ich habe Ihr Pferd nicht gehört. Wo haben Sie es gelassen?«

»Ich bin mit dem Motorrad gekommen. Wissen Sie, was ein Motorrad ist?«

»Verrücktheiten. Weiberkram. Ein richtiger Mann benutzt ein Pferd.«

»Opa, bitte helfen Sie mir. Der Deutsche, den ich suche, heißt Franz Stahl und lebt hier ganz in der Nähe. Kennen Sie ihn nicht?«

»Ich erinnere mich nicht. Ich hab viele Deutsche kennengelernt, Gute und Schurken. So ist das Leben. Wenn es nur Gute gäbe, wäre es extrem langweilig. Außerdem habe ich auch Gringos und Kroaten kennengelernt. Nördlich der Meerenge wimmelt es von Kroaten. Die gefallen mir nicht.«

»Trinken Sie einen Wein, Opa. Franz Stahl. Franz, vielleicht nennen sie ihn hier auch Francisco.«

»Francisco war ein Kazike. Francisco Calfucurá. Daran kann ich mich erinnern. Als man hier noch Indianer sah. Jetzt gibt es ja keine mehr. Die Gringos haben sie alle getötet. Schurken. Auch die Kroaten haben Indianer getötet. Ich hab Ihnen ja schon gesagt, daß die mir nicht gefallen. Sie essen Kaninchen. Schwachsinnige. Wo es soviel Lamm gibt, vergreifen sie sich an diesen armen Viechern. Spielen Sie *Truco*? Wenn mein Schwiegersohn und der Doktor zurückkommen, könnten wir ein paar Runden spielen.«

Die Erinnerungen des Alten da waren durcheinandergewürfelt wie die Teile eines Kaleidoskops und sie zu ordnen würde eine langwierige Aufgabe sein. Als ich hörte, wie er einzelne losgelöste Sätze aussprach, die für ihn alle Sinn und Zusammenhang hatten, mußte ich an Verónica denken, an dich, Verónica, meine Liebe. War dir das gleiche passiert? War dein abwesendes Schweigen eine Welt zersplitterter Kristalle, die niemand, nicht einmal du selbst, in ihre exakte Geometrie zu bringen vermochte. Aber der Alte sprach ja wenigstens, während du, meine Liebe, selbst die Architektur deiner Worte verloren hattest.

Ich trank gerade einen Schluck von dem herben und starken Wein, als ich Hundegebell und näherkommendes Hufgeklapper hörte. Der Alte entzündete mehrere Lampen.

Zuerst trat ein dicklicher Mann ein, dem eine kleine Frau mit strahlenden Augen folgte. Und darauf eine weitere Person mit grauem Haar und einer dicken Brille. Das Gestell war von Carey. Sie betrachteten mich erstaunt.

»Er schuldet uns ein paar Eier und zwei Flaschen Wein«, sagte der Alte.

»Schon gut, Schwiegervater. Geh ins Bett«, entgegnete der beleibte Mann.

»Sind Sie Herr Mansur von der Pension?«

»Ja. Die Pension und der Laden gehören mir. Sie haben mich gesucht?«

»Carlos Cano schickt mich. Er sagte, Sie können mir helfen.«

»Und Sie? Haben Sie auch einen Namen?«

»Belmonte. Juan Belmonte.«

»Wie der Torero. Ich bin Romualdo Aguirre. Quacksalber«, stellte sich der mit der Carey-Brille vor.

»Ana, meine Frau. Sie ist stumm, hört aber gut. Man muß nur ein bißchen deutlich sprechen«, sagte Mansur und streckte mir seine Hand entgegen.

»Ich suche einen Deutschen. Sein Name ist Franz Stahl. Kennen Sie ihn?«

Die gerade Angekommenen blickten sich gegenseitig an. Mansur berührte den Arm seiner Frau, woraufhin sie in ihr Zimmer ging.

»Sie kommen zu spät, Landsmann. Doktor, sprechen Sie mit dem Freund. Ich gehe derweil raus, die Pferde absatteln.«

Romualdo Aguirre nahm drei Gläser und setzte sich an den Tisch. Er bot mir eine Zigarette an. Dann goß er Wein ein und schüttelte den Kopf, bevor er zu sprechen begann.

»Ich nehme an, Sie kommen aus Deutschland.«

»Reden wir Klartext, Doktor. Woher wissen Sie das?«

»Ich weiß es nicht, ich vermute es. Der Mann, den Sie suchen, Franz Stahl, ist tot. Vor ein paar Stunden haben wir ihn beerdigt. Er hat sich selbst das Hirn mit einem Jagdgewehr weggeblasen.«

Der Name Galinsky lag mir auf der Zunge. Ich kam zu spät. Es ist sehr einfach, einen Selbstmord mit einer Jagdflinte zu simulieren.

»Wann ist das passiert?«

»Gestern nacht. Er hatte sich die letzten Tage etwas merkwürdig verhalten. Sind Sie der Mann, der auf der Post nach einem gewissen Hallmann oder Hillman gefragt hat?«

»Nein. Aber ich glaube, ich weiß, von wem Sie sprechen. Er hat sich also merkwürdig verhalten. Was noch?«

»So nicht. Wenn hier jemand etwas erzählen muß, dann Sie«, warf Mansur von der Tür aus ein.

Ana gesellte sich ebenfalls zu uns. Mit energischen Handbewegungen schnitt sie Schafskäse ab, Brot und Stükke von *charqui*, jenem kräftigen getrockneten Pferdefleisch, das mein Gaumen schon vergessen hatte. Mansur entkorkte eine neue Flasche Wein. Ich fühlte mich wie vor dem Urteilsspruch eines Volksgerichts. Und während ich mir noch die passenden Worte zurechtlegte, um ihnen etwas über den Mann zu erzählen, den sie gerade unter die Erde gebracht hatten, begriff ich plötzlich an irgend etwas – diesem unerklärlichen Etwas, das den Tod von Menschen umgibt, die ein intensives Leben gelebt haben –, daß der Tod des Deutschen viel von einer gut ausgespielten Karte hatte. Die Trumpfkarte, mit sarkastischer Grimasse gegen Kramer, den Major, Galinsky, Galo und sämtliche Hurensöhne ausgespielt, die sich auf die Jagd nach ihm gemacht hatten. Und es war dieses unbeschreibliche gewisse Etwas, das mich in diesem Tod das Augenzwinkern eines Freundes, eines Genossen erkennen ließ, das Ulrich Helm galt, dem zweiten Protagonisten der Geschichte, dem das Schicksal wesentlich schlimmer mitgespielt hatte.

Dann erzählte ich ihnen zunächst, wer Franz Stahl in Wirklichkeit war. Und ganz im Einklang mit jener Zeit, die mich und die Verbitterung hervorgebracht hat, die ich als Härte verkleide, erzählte ich ihnen anschließend die Geschichte von den beiden Antifaschisten, die von der Utopie der Freiheit auf Feuerland träumten und, um sich ihren Traum zu erfüllen, nicht davor zurückschreckten, dem Adler mitten aus seinem Nest die Eier zu stehlen.

In andächtigem Schweigen, das nur vom Schnarchen des Opas unterbrochen wurde, der sich geweigert hatte, den Tisch zu verlassen, hörten sie sich die Geschichte jener Freundschaft an, von der Treue, die alle Feuerproben unversehrt überstanden hatte, selbst die härteste: die der vergehenden Zeit.

»Wir haben nie auch nur ein Gramm Gold bei ihm gesehen. Alles, was er besitzt, hat er mit seinen eigenen Händen, durch seine Arbeit erreicht«, seufzte Aguirre.

»63 Goldmünzen?« staunte Mansur ungläubig.

»Jede einzelne zu zehn Unzen. Ihr Wert ist unschätzbar. Irgendwo müssen sie sein«, fügte ich hinzu.

»Die interessieren mich nicht. Wir leben hier in Ruhe mit dem, was wir haben. Was meinen Sie, Doktor?« fragte Mansur.

»Ich mag Legenden. Diese Münzen werden eine Legende mehr sein. Feuerland ist voll von versteckten Schätzen. Einer mehr bringt das Faß nicht zum Überlaufen.«

Ana schlug auf den Tisch und fing an, mit den Händen zu gestikulieren, wobei sie Mansur fest in die Augen blickte. Ihre Augen funkelten, ihre Bewegungen waren eindrucksvoll, sicher, unzweideutig. Mansur nickte.

»Ich glaube, die Stumme hat recht. Dieses Gold bringt nur Unglück. Das erste war der Tod von Franz. Wir müssen es finden, bevor das alles in eine Epidemie ausartet. Sie möchte wissen, wer der Mann ist, der in Punta Arenas nach ihm gefragt hat.«

Ich erzählte ihnen, was ich von Galinsky wußte, von den Spuren, die er in Santiago hinterlassen hatte.

»Zwei Tote«, kommentierte Aguirre.

»Drei. Vergessen Sie Ulrich Helm nicht. Ich denke genauso wie Sie. Diese Münzen bringen nichts als Ärger. Gut. Ich habe Ihnen jetzt alles erzählt, was ich weiß. Jetzt möchte ich gerne mehr Einzelheiten über den Tod Hillermanns wissen, oder wie immer Sie ihn nennen mögen.«

»Seit er erfahren hat, daß jemand nach ihm gefragt hatte – na gut, das wissen wir erst seit kurzem –, verhielt er sich seltsam.« Damit begann Aguirre seine Schilderung. »Wir waren Freunde, alle hier schätzten ihn. Vor vier Tagen bat er mich überraschenderweise, ihm zu helfen, sein Testament zu schreiben. Darin hat er sein gesamtes Vermögen Griselda vermacht, einer Witwe, die ihm die letzten zwanzig Jahre zur Seite gestanden hat. Ich schrieb auf, was er mir diktierte, unterschrieb es als Zeuge und schickte alles zum Notar von Porvenir. Das war das letzte Mal, daß ich ihn sah. Wer mehr darüber weiß, ist Griselda. Sie war gestern abend bei ihm. Wie immer hat sie ihm das Essen gemacht und ihn dann gegen zehn Uhr verlassen. Nach dem, was sie sagt, ging es ihm gut, als sie ihn verließ. Vielleicht war er ein bißchen angeheitert, denn während des Abendessens hat er wohl ein paar Gläser Wein getrunken. Sie ließ ihn allein und lief etwa einen Kilometer weit, als eine dieser weiblichen Intuitionen sie umkehren ließ. Als sie schon wieder ganz in der Nähe des Hauses war, hörte sie zwei explosionsartige Geräusche. Sie fand ihn, tot, das Gewehr noch zwischen den Beinen. Ich habe den Leichnam untersucht und kann bestätigen, daß es Selbstmord war. Griselda setzte sich auf ihr Reittier und kam direkt zu uns, um uns das Unglück mitzuteilen. Was sonst noch passiert ist? Wir sind praktisch sofort aufgebrochen und waren noch vor dem Morgengrauen in Franz' Haus. Am Abend war dann Ledesma bei uns, ein Mann, der über Land zieht und die einjährigen Lämmer kastriert. Ihn haben wir nach Puerto Nuevo geschickt, um der Polizei Bescheid zu sagen. Später gesellten sich denn auch noch zwei Carabinieri zu uns,« schloß Aguirre.

»Ich muß unbedingt zum Haus des Verstorbenen. Können Sie mir helfen?«

»Klar. Lassen Sie es nur hell werden, dann machen wir uns sofort auf den Weg. Die Pferde brauchen ein paar Stunden Ruhe«, begann Mansur, konnte aber nicht zu Ende sprechen, weil man genau in diesem Augenblick draußen die Hufschläge eines galoppierenden Pferdes hörte.

Mansur ging zur Tür.

»Doktor. Es ist das von Griselda«, rief er von draußen.

»Scheiße. Griselda ist alleine da«, murmelte Aguirre.

Wir sprangen alle auf, und das Geräusch weckte den Großvater auf.

»Der alte Franz. Sie wollen auch zum alten Franz. Schlagen Sie mich nicht. Ich werde Ihnen sagen, wie man dahinkommt«, jammerte er.

»Ruhig, Opa. Das ist alles nur ein Traum«, sagte Aguirre.

»Nein. Der andere Mann, der mich nach dem alten Franz fragte, hat mich geschlagen. Jetzt erinnere ich mich. Laßt nicht zu, daß er mich schlägt.«

»Wann hat der andere Sie geschlagen, Opa? Erinnern Sie sich. Wann?«

»Ich weiß nicht. Er kam mit einem grünen Wagen. Er hatte kein Pferd.«

Wir gingen nach draußen. Mansur verfluchte die Müdigkeit seiner Pferde. Aguirre nahm eine Lampe und wir schickten uns an, den Weg zu untersuchen. Es machte uns keine Mühe, die Reifenspuren und die deutliche Piste zu entdecken, die Galinsky hinterlassen hatte. Am Wegrand leuchtete eine Schachtel der typisch deutschen Zigarettenmarke Reval.

»Wo lang?« fragte ich, schon auf dem Motorrad sitzend.

»Geradeaus bis zur Poststation. Dann folgen Sie der Schlucht. Wir kommen in einer Stunde nach«, antwortete Aguirre.

Es fing an zu dämmern, als ich zu der auf Stelzen stehenden Konstruktion gelangte. Bevor ich den Weg verließ, stoppte ich mein Gefährt, hob den Sitz und nahm die Browning heraus. Der Klang der ins Patronenlager gleitenden Kugel war das erste Lebenszeichen, das ich in der Pampa vernahm.

5

FEUERLAND: EIN BRÜDERLICHES TREFFEN

Der Landrover hatte mehr als deutliche Spuren im Bartgras der Pampa hinterlassen. Ich folgte ihnen, so schnell ich konnte, bis zum Rand der ansteigenden Schlucht. Galinsky hatte sich nicht die Mühe gemacht, sein Fahrzeug zu verstecken. Offensichtlich handelte er in völligem Selbstvertrauen. Er hatte sich sogar die Nachlässigkeit erlaubt, den Automietvertrag im Handschuhfach liegen zu lassen, auf dem sein Name in seiner eigenen Handschrift prangte. Ich öffnete die Motorhaube, riß die Zündkabel raus und begann, dem Rand der Schlucht folgend nach oben zu fahren.

Das Motorrad schlitterte auf dem glitschigen Weidegras, aber der kraftvolle Motor setzte sich durch und zwang es, weiter vorwärtszuspringen. Ich fühlte mich wie ein Reiter des 7. Kavallerieregiments, eine Art Rächer, der im geeigneten Moment zum Schauplatz der Tragödie gerufen wird, um sie zu verhindern. Eine idiotische Allmachtsphantasie, wie mir klar wurde, als mir gerade noch fünfhundert Meter bis zum Hügelkamm fehlten. Wenn ich auf dem Motorrad weiterfuhr, würde das Motorgeräusch Galinsky alarmieren.

Ich ging den Rest zu Fuß. Am wolkenlosen Himmel schwebten ein paar schwarze Vögel. Wenige Meter vor Erreichen des Gipfels ließ ich mich ins Gras fallen und legte den Rest robbend zurück. Unten sah man ein Haus. Die einsetzende Morgendämmerung ließ das Zinkdach hell erstrahlen. Ich entschloß mich, runterzugehen, um eine Inspektionsrunde um das Haus zu drehen, wobei ich mich vergewisserte, daß ich die Sonne immer im Rücken hatte. Als ich zu dem auf einem Erdhügel aufgepflanzten Holzkreuz kam, entdeckte ich eine Spur weißer Federn hinter mir. Der Anorak von Pedro de Valdivia hatte das Robben nicht ausgehalten. Ich stand also noch tiefer in der Kreide bei dem Zwerg. Auf dem Kreuz las ich zwei Worte: *Franz Stahl.* Zwei Meter weiter sah ich etwas, was mich umgehend die Browning aus der Anoraktasche holen ließ. Zwei tote Hunde lagen auf der Erde. Beide mit zerschossenem Kopf, was auf die Qualität des Schützen schließen ließ.

Gut, Belmonte, jetzt hat die Stunde geschlagen, wo du zeigen kannst, daß du doch noch zu etwas nütze bist, sagte ich zu mir, als ich im Zickzack zur Hintertür des Hauses lief. Ich trat ein, begleitet von dem Staub und den Holzsplittern, die zusammen mit den Türangeln herausgesprungen waren. Ich fiel auf den Boden, auf der Suche nach einem Kopf, in den ich mehrere 7.65er Projektile jagen konnte, sah aber nur das Chaos, das entweder von einem vorbei rauschenden Orkan verursacht worden war oder von einem Schatzsucher, der keine Zeit zu verlieren hatte.

Langsam richtete ich mich auf. Ich verfolgte die Spuren, die Galinsky auf seiner Suche hinterlassen hatte, den rechten Zeigefinger an den Abzugshahn geschweißt. Dann sah ich die Frau.

Ich habe in meinem Leben viele Tote gesehen. Und alle hatten sie für mich etwas Groteskes, als sei der Augenblick, in dem das Leben sie verlassen hat, so plötzlich gekommen, daß sie nicht mehr in der Lage waren, ihren Körper in Würde und Harmonie zurückzulassen. Die Handgelenke der Frau waren an die Umrandung eines hohen Kamins gefesselt. Ihre schlaffen, eingeknickten Beine ließen die Arme noch länger erscheinen, da sie das ganze Gewicht des Körpers tragen mußten. Von der Gürtellinie abwärts war sie entblößt, und Gesicht und Körper wiesen jede Menge Verbrennungsspuren auf.

Ich legte die Pistole auf den Kaminrand, um mit einer Hand die Stricke durchzuschneiden und mit der anderen den Körper der Frau zu stützen. Ich legte sie auf den Boden. Ihr schreckverzerrter Gesichtsausdruck zeigte, daß sie unter Folter gestorben war. Während ich sie mit einem Leintuch bedeckte, dachte ich, daß sie das Geheimnis, vorausgesetzt sie hatte es mit Hillermann geteilt, sicherlich verraten hatte. Galinsky erwies sich als effektiver Folterknecht. Sämtliche Verbrennungen hatten nur die Hautoberfläche angegriffen, ohne das tieferliegende Fleisch zu versengen, um zu verhindern, daß das Opfer das Bewußtsein verlor. Wahrscheinlich war er in diesem Moment bereits weit weg. Ich verfluchte mich, weil ich nicht daran gedacht hatte, mein Motorrad ebenfalls unbrauchbar zu machen, als ich es auf halber Höhe zurückgelassen hatte. Ich richtete mich auf, als etwas Kaltes gegen mein rechtes Ohr drückte.

»Beweg dich langsam. Und ganz vorsichtig«, sagte der Besitzer der Kanone.

Ich ließ mich bis zu einem Stuhl zurückdrängen.

»Setz dich. Und die Hände nach oben und auf die Schultern legen.«

Ich gehorchte. Er nahm den Lauf von meinem Ohr und setzte sich auf den Rand eines Tisches, ohne mich aus dem Visier zu lassen.

»Wer bist du?« fragte er.

»Das spielt keine Rolle, Frank Galinsky.«

Der Mann, der mit einem 9-mm-Colt auf mich zielte, war gut 1,90 m groß. Blondes, sorgfältig geschnittenes Haar und blaue Augen, die den Ausdruck von Überraschung nicht verbergen konnten.

»Woher weißt du meinen Namen?«

»Du hast viele Spuren hinterlassen. Zu viele. Der *Major* wird dir kein zweites Mal vertrauen.«

»Ich sehe, du weißt viel. Wer zum Teufel bist du?«

»Mein Name ist Juan Belmonte. Wir sind uns bis jetzt noch nie über den Weg gelaufen.«

»Wie der berühmte Stierkämpfer. Erzähl mir was über meine Fehler.«

»Fehler eins: Du hättest die Wohnung von Moreira clean machen müssen, nachdem du ihn umgelegt hast. Ich war dort und habe den Schlüssel zum Schließfach gefunden. Zwei: Du hast ihm unter den Initialen deines Decknamens geschrieben: Werner Schroeders. So steht es in deiner Polizeiakte in Deutschland. Drei: Den Alten aus dem Kramladen hast du am Leben gelassen. Das sind viele Fehler für einen Ex-Offizier des Geheimdienstes. Zu viele für einen Mann aus Cottbus.«

»Wir werden alt. Aber ich kann dir versichern, daß ich mit dir keinen Fehler begehen werde. Ich nehme an, du weißt, wonach ich suche.«

»Natürlich. Aber die Frau zu töten war unnötig. Ich bin ebenfalls aus Deutschland gekommen auf der Suche nach der *Sammlung des umherirrenden Halbmonds*. Aber es gibt einen großen Unterschied zwischen dir und mir: Ich weiß, wo die Münzen sind.«

»Phantastisch. Dann können wir verhandeln. Du siehst aus wie ein Typ, der sehr an seiner Haut hängt. Was ich mit der Frau gemacht habe, ist ein Kinderspiel gegen das, was ich mit dir machen werde.«

»Ich glaube dir auf's Wort. Jemand, der sein Leben lang nichts anderes gewesen ist als ein widerlicher roter Faschist, kennt keine Skrupel. Aber es wird trotzdem nicht leicht werden für dich. Auch sie kannte das Versteck der Münzen.

Stell' dir mal vor, was das heißt, Genosse. Du bist nichts als eine Handvoll Dreck und unfähig zu handeln, wenn man dir nicht befiehlt. Nichts als Dreck. Das ist es, was du bist. Ein Ossi.«

Ich sah, wie er den Griff seines Colts fester umfaßte. Das Funkeln in seinen Augen verriet, daß sein Wunsch, mir einen Schuß zu verpassen, ihm die Hände versteifte. Er wollte mich töten, allerdings nicht ohne vorher geprüft zu haben, ob es stimmte, was ich gesagt hatte. Ich mußte Zeit gewinnen. Mansur, Aguirre und Ana hatten sich bestimmt schon auf den Weg gemacht.

»Ich zähle bis drei. Wo sind die Münzen? Eins...«

»Glaubst du, ich bin blöd? Du steckst voller Zweifel. Du wirst mir nicht ein Haar krümmen, bevor du mich nicht zum Sprechen gebracht hast. Waren die alle so idiotisch in Cottbus? Oder ist das ein Problem der Ernährung?«

»... zwei ...«

»Gut. Wenn du mich schon beseitigen willst, sollst du wissen, daß ich dir etwas schuldig bin. Schon immer wollte ich Moreira ein paar Schüsse verpassen. Wir waren alte Bekannte. Ich sollte dir erzählen, was er in Nicaragua gemacht hat. Ich war seinerzeit dort. Du hast einen Guerillero vor dir, Galinsky. Einen, der seinen Mut mehr als einmal unter Beweis gestellt hat. Hast du mal irgendeine Aktion mitgemacht, außer bei den Aufmärschen den Arsch zusammenzukneifen?«

»... drei.«

Die Kugel traf mich am linken Fuß. Ich spürte einen Schlag, der meinen Fuß auf den Boden schmetterte, dann die Verbrennung und wie der Schmerz im Bein hochzog.

»Ich war in Angola und Mosambik. Die Jungs von Samora Machel haben mir genug von diesen Spielchen gezeigt. Wenn du Guerillero warst, wie du sagst, solltest du sie kennen. Man fängt mit einem Fuß an. Dann kommt der zweite, und auf diese Art kannst du dir etliches Blei einverleiben. Laß uns eine zweite Runde spielen. Eins ...«

Der Schmerz zog im Bein hoch. Ein paar Rinnsale Blut begannen aus dem Schuh zu sickern. Ich mußte an die beiden toten Hunde denken. So ein Colt, wie ihn Galinsky schwang, hatte normalerweise ein Magazin für neun Patronen. Ihm blieben also noch sechs.

»Wo hast du Spanisch gelernt? Du sprichst mittelamerikanischem Akzent. Kennst du den Ausdruck *te jodiste, cabrón* – du hast verschissen, Scheißkerl? Genau das hast du gerade gemacht. Du hast verschissen. Hillermann hat die Münzen verdammt weit weg von hier versteckt. Du wirst mich Huckepack tragen müssen. *Te jodiste, cabrón.«*

»... zwei ...«

»Im Spanischen gibt es eine lange Liste von Schimpfwörtern, die alle gut für dich passen. *Cabrón, pendejo, huevón, hijo de puta, mal parido, capullo, gilipollas, saco de huevas.* Aber das passendste Schimpfwort für dich findet man in deiner eigenen Muttersprache: Ossi.«

»Du hast die Spielregeln nicht verstanden. Wozu diese Beleidigungen? Wir sind nach allem doch schließlich Genossen. Du hast dafür gekämpft, den Sozialismus aufzubauen, und ich habe ihn verteidigt. Drei ...«

Er hob die Pistole, und ich ließ mich auf den Stuhl fallen, als das Krachen der Jagdflinte den Raum erschütterte. Galinsky flog vom Tisch, nach vorn gestoßen durch die Wucht der doppelten Schrotladung. Er fiel vornüber und landete mit der Brust, die in einen Brei aus Blut und inneren Organen verwandelt war, vor meinen Füßen.

Carlos Cano. Er blieb auf der Türschwelle stehen.

»Warum hast du so lange mit dem Schießen gewartet?« beschwerte ich mich vom Fußboden aus.

»Deine Liste von Flüchen hat mir gut gefallen. Scheiße. Er hat dir ja ein Bein durchlöchert.«

Aguirre, Mansur und die Stumme traten nach Cano ein. Angesichts des Blutbads zitterten sie und wußten nicht, was sie tun sollten. Ana warf sich an Mansurs Brust und versuchte angestrengt, den Brechreiz zu unterdrücken.

»Halten Sie noch ein bißchen aus, ich werde Ihnen den Schuh ausziehen«, sagte Aguirre.

»Ich stütze ihn. Der hält schon was aus«, meinte Cano.

Die Kugel war sauber ein- und wieder ausgetreten. Aguirre fand, die Knochen sähen gut aus. Er desinfizierte die Wunde. Nachdem er sie verbunden hatte, widmete er sich den Leichen von Griselda und Galinsky.

»Cano, wie kommst du hierher?«

»Ich weiß nicht. Wahrscheinlich hat mich die Geschichte von dem Schatz interessiert. Als ich dich gestern wegfahren sah, dachte ich, ich könnte dir vielleicht unter die Arme greifen, und kehrte nach Puerto Nuevo zurück. Im Morgengrauen kam ich gerade in Tres Vistas an, als die Freunde hier sich auf den Weg machten. Wir sahen die toten Hunde, ich bat Mansur um seine Jagdflinte, den Rest kennst du ja.«

»Nicht schlecht für einen Aussteiger.«

»Und die Münzen? Weißt du wirklich, wo sie sind?«

»Hijo de la grandísima puta! Gottverdammter Hurensohn! Du warst die ganze Zeit da draußen!«

Cano hob die Schultern. Er zündete zwei Zigaretten an, steckte mir eine in den Mund, und wir bekamen einen Lachkrampf. Aguirre wartete geduldig, bis wir uns beruhigten.

»Ich weiß, wo sie sind. Nehmen Sie diesen Scheiß bloß mit«, sagte er und forderte uns mit einer Handbewegung auf, ihm zu folgen.

Draußen zogen mehrere große schwarze Vögel über unseren Köpfen ihre Kreise.

6
SANTIAGO DE CHILE: DER LETZTE KAFFEE

Mir zitterten die Beine, als ich durch die Tür der kleinen Kneipe trat. Ich setzte mich auf den Hocker, der am dichtesten beim Ausgang stand, um von dort aus die Straße und das nahegelegene Haus zu beobachten. Als ich einen Kaffee bestellte, entschuldigte sich der Kellner zuerst, um dann Lobreden auf Nescafé zu halten. Ich antwortete, es sei mir egal. Während ich auf den Kaffee wartete, wurde mir klar, daß die Atmosphäre in Santiago trotz der Hitze, trotz der morgendlichen Sonne und der dicht belaubten Bäume düster war und eindeutig von Traurigkeit bestimmt. Die Stadt war traurig. So hatte Díaz Eterovic den einzigen Roman der schwarzen Serie betitelt, der in Santiago spielt und den ich in Hamburg mal gelesen hatte. Die Stadt war traurig. Scheiße, Belmonte, du mußt jetzt all deine Kraft zusammennehmen, um die größte aller Unternehmungen zu Ende zu bringen. Alle Kräfte zusammennehmen, um hier rauszugehen und die Straße zu überqueren.

Einfach nur die Straße überqueren. Nichts weiter, Verónica, Liebste. Die Straße überqueren, den kleinen schwarzen Klingelknopf aus Bakelit drücken, und schon werde ich bei dir sein und mich nun schließlich doch deiner Abwesenheit und deinem Schweigen stellen. Ich habe Angst. Laß mich den Kaffee noch austrinken, den letzten Kaffee nach all diesen Jahren der räumlichen Trennung.

Von der Bar aus betrachtete ich lange das Haus Señora Anas. Die Wunde am Fuß schmerzte noch, aber das war nicht wichtig. Während ich in der Tasse rührte, ließ ich zum letzten Mal Revue passieren, was im fernen Feuerland geschehen war.

Es war gerade drei Tage her, daß Aguirre das glänzende Zinkdach auf Hillermanns Haus durchlöchert hatte. Cano war ihm gefolgt. Mit einem Hammer lösten sie die Nägel, die die Zinkplatten festhielten. Aus den Verbindungsstükken holten sie die verfluchten Goldmünzen heraus. Deutsche Raffiniertheit. Er hatte sich sogar die Mühe gemacht, sie mit Teer einzustreichen, um ihren Glanz zu verbergen.

Eine nach der anderen fielen sie nach unten, wo ich stand. Mit einem Messer kratzte ich die Teerschicht ab, so daß der Glanz wieder zum Vorschein kam, den die Sucht nach Reichtum die Jahrhunderte hindurch auf diesen 63 kalten Münzen bewahrt hatte, so kalt wie der Halbmond, der sie zierte.

»Nehmen Sie diesen Mist mit«, sagte Aguirre. Der ganze Reichtum lag im Gras verstreut neben dem Pferdemist, während er, Cano, Mansur und die Stumme sich voller Andacht um die Toten kümmerten.

»Ich nehme an, daß wir die Polizei über all das informieren müssen«, sagte ich, während ich die Münzen einsammelte.

»Verschwinden Sie nur. Wenn wir die Polizei benachrichtigten, würde sich das wie ein Lauffeuer verbreiten. Andere würden hier dann mehr Gold vermuten, und im Nu wäre hier alles von Unerwünschten bevölkert. Verschwinden Sie und sehen Sie zu, daß dieser Dreck aus Feuerland wegkommt. Wir wissen schon selbst, was wir mit unseren Toten zu tun haben«, meinte Mansur.

»Sie haben recht. Schätze taugen zu nichts anderem, als Unterhaltungsstoff für lange Winterabende zu liefern«, fügte Cano hinzu.

Vom Flughafen in Punta Arenas aus rief ich Kramer an.

»Ich habe Ihren Dreck. Alles.«

»Bravo, Belmonte. Ich wußte, daß du mich nicht enttäuschen würdest. War es schwer?«

»Welche Rolle spielt das schon. Jetzt sind Sie dran, Ihren Teil der Abmachung zu erfüllen.«

»Sobald die Objekte auf meinem Schreibtisch liegen.«

Ich ließ ein paar Geldstücke auf dem Tisch liegen und hinkte zur Bar hinaus. Die Stadt war immer noch traurig, obwohl es Sommer war, obwohl sich nicht eine einzige Wolke zwischen die Menschen und den Himmel stellte und obwohl kein schwarzer Vogel über meinem Kopf kreiste. Und so begann ich dann, die Straße zu überqueren, bewegt von dem Gedanken, Verónica, meine Liebe, von der Frage: Warum nur fürchten wir uns so sehr davor, dem Leben offen ins Antlitz zu blicken? Wir, die wir das vergoldete Blitzen des Todes gesehen haben.

Hamburg 1993 – Paris 1994

* * *